新语文名家散文精选
谭曙方 主编

故乡不是风景画

张金厚 著

山西出版传媒集团
北岳文艺出版社
BEIYUE LITERATURE & ART PUBLISHING HOUSE

·太原·

图书在版编目(CIP)数据

故乡不是风景画 / 张金厚著. —太原：北岳文艺出版社，2021.8
(新语文名家散文精选 / 谭曙方主编)
ISBN 978-7-5378-6228-8

Ⅰ.①故… Ⅱ.①张… Ⅲ.①散文集—中国—当代 Ⅳ.①I267

中国版本图书馆CIP数据核字(2020)第107010号

故乡不是风景画
张金厚 著

//
出 品 人
郭文礼

策 划
续小强 赵 婷

责任编辑
李建华

助理编辑
高海霞

封面设计
萨福书衣坊

封面绘图
南塘秋

印装监制
郭 勇

出版发行：山西出版传媒集团·北岳文艺出版社
地址：山西省太原市并州南路57号
邮编：030012
电话：0351-5628696(发行部) 0351-5628688(总编室)
传真：0351-5628680
经销商：新华书店
印刷装订：山西人民印刷有限责任公司

开本：787mm×1092mm 1/16
字数：172千字 印张：13.75
版次：2021年8月第1版
印次：2021年8月山西第1次印刷
书号：ISBN 978-7-5378-6228-8
定价：39.80元

本书版权为本社独家所有，未经本社同意不得转载、摘编或复制

序

杜学文

随着时间的变化,人从幼儿走向童年、少年。对于生命来说,这也许是一些最纯真、最富于诗意的时光。有家的呵护,有不断发现的新奇世界,有无限的可能性;还不会也不需要掩饰自己,不会也不需要考虑如何才能适应别人、适应社会。也许,从生命的成长过程来看,这是一个还不能也不需要承担责任的时刻,是一个不识愁滋味的时刻,是一个可以任性地放飞自己的时刻。当然,也是一个在潜移默化中被生活影响,并奠定自己未来走向基因的时刻。有很多的想象,很多的希望,很多的选择……但是,随着成长,这些"很多"变得越来越少,甚至成为不得不的唯一。这种想象的力量也许会对人的一生产生极为重要的影响。在很多时候,特别是对于成年人来说,想象似乎是虚幻的,非现实的,甚至是无意义的。但对于人整体来说,失去了想象力却是可怕的。如果这样的话,人们就只能匍匐在地面,而失去了星空,失去了更广阔、更丰富、更多姿多彩的世界——未来的可能性、现实的创造力、内心世界的感悟力,以及对幸福的体验与追求。所以,在人的生活中,除了现实存在之外,仍然需要保有提升情感体悟、净化精神世界、培养想象能力的生活方式。在很多时候,我们需要依靠艺术——当然也包括文学在内来实现这种想象。文学,不仅仅是表现生活的，也是想象生活的——建立在现实生活的基础之上，对未知世界与未来生活的理想构建。这种想象力的培养，也许在人的童年与少年时代更为重要。

实际上，每个人都在想象中成长、变化。在成人的世界里，这种想象越来越被现实生活所规定、制约。当一个人成为学生的时候，非学生的生活就不存在了。他必须在学生的前提下选择未来。但选择了通过读书来改变人生的时候，非读书的可能性也不存在了。尽管选择是对现实利弊的权衡，但仍然是对未来可能性的想象。当然，想象并不局限在这样的选择之中，人还有很多非现实的想象——对艺术世界的虚构，以及对不可知世界的精神性营造等等。前者可能会更多地影响人的情感，而后者则更多地影响人的创造。

事实上，每一个人在其幼年时期都会有想象的努力——自觉的与不自觉的。以我自己的经历言，曾经想象时间的停滞，希望知道时间停滞之后会发生什么。结果是时间并没有停滞，停滞的只是自己的某种状态。在我家乡村外的山脚下，有一条河。河中一个很小的瀑布下聚满了水。那水是深绿的，有点深不见底的感觉。我们那里把这样的地方称为"龙潭"，就是河中水很深的坑。旁边有一个石头垒起来的磨坊，里面有一座水磨——利用瀑布的落差来推动石磨。大人们说，这龙潭很深，一直能通到海底的龙王爷那里。我不太理解如何从太行山的地底通往大海，也不知道假若到了大海会怎么样，但却希望能够有一条龙带着我去看看大海。这大海与龙宫就成为幼年的我对未知世界的想象。

人的想象力当然是建立在社会生活之上的。如果没有听过大人们讲龙王的故事，就不可能去想象龙宫的景象。这种社会生活也隐含了人的价值判断与情感选择。当人们在其成长的幼年时代，能够更多地接受积极健康的价值观，接受良好的情感表达及其方式，其想象力将向着更美好、完善、向上的方向发展。人会在无意识中选择那种积极的表现方式。这也许会影响人的一生。就是说，在人成长的初期，想象力及其表现方式是非常重要的。

也许人们意识到了这种重要性，出现了很多希望能够满足童年或者少年人群精神需求的活动。游戏、体育、劳动、阅读，以及相关的艺术活动，包括文学阅读与创作活动。据说那些非常著名的作家往往会写一些少儿作品。而那些儿童文学作家则被认为是"最干净"的职业人群。正是他们，在那些如白纸一般的人心中绘画。他们使用的颜色、图案、创意将深刻地影响人的未来。而人们总是希望自己的未来将更为美好。

从这样的角度来看，北岳文艺出版社策划出版一套《新语文名家散文精选》就有了非常特殊的意义。这并不是一般的作家散文创作结集，而是有明确的目的指向——为那些正在成长的读书人提供可资参考的读本——它主要不是为了体现作家在艺术领域的探索创新，不是为了研究某个创作领域的来龙去脉，也不是为了让人们获得知识——当然我们也不能排除这样的功能。但无论如何，其核心目的是要为培养孩子们的想象力、审美能力提供一些看起来感到亲切的范文。至少会使读书的同学们能够在写作上有所参照。这是很有意义的。

从体例设计来看，也非常有效地体现了这种目的。这套书选择了十一位作家的散文作品。他们分别生活工作在山西的十一个地级市，有某种地域意味在内，也会强化读者"在身边"的认同。这些作家，大部分我都有接触，基本上了解他们的创作情况。其中有成果颇丰的老一辈作家，也有风头正健的中青年作家。他们的文学贡献也主要体现在散文领域。这对读者的阅读来说有很强的针对性。在每一篇作品的后面，还邀请各地从事教学的名师进行点评，以帮助读者更好地进入作品的艺术情境之中，领略作品的艺术特色，以及文中表露出来的情感状态、价值选择。这是非常好的设计。同时，还邀请相关的专家对每一位作者的作品进行比较专业的综合性论述，便于读者从全书的整体来把握作品。这些作品主要集中在"情"上——故乡之情、父母亲情、友情爱情、事业之情等等。其中一些堪称范文。当然也有一些知识性、研究性与介绍性的作品，亦可丰富拓展读者的视野、心胸。通过这些作品，我们不仅会感受到不同时期人们的生活状态、情感状态，还可以理解作家们表达情感、进行描写的艺术手法，既有助于同学们想象力、创造力的提升，亦有助于同学们写作能力的提高。

人的生活状态至少有两个方面。一是显性的、可见的。比如学习成绩、创作成就、劳动收获等等。但还有另一种是隐性的、不可见的。如你会因为学习成绩提高而感到高兴、欣慰；会因为自己的作品受到读者喜爱而增强了创作的动力；秋天收获的时候，会因为这一年风调雨顺有了好收成而感到欣喜，增强了过好日子的信心等等。也可能因为这些，你会更努力地工作学习，更尊重别人的劳动付出，更希望自己做一个好人、优秀的人。相对来说，那些显性的、可见的生活状态往往受到人们的重视，因为其直观，有功利性。但也许那些隐性的、不可见的生活状态对人的成长、完善，以及激发内在动力与想象力、创造力更加重要。它们虽然看不到、摸不着，似有若无，但往往决定了人的情趣、视野、眼界、胸怀，以及精神状态、价值选择与审美能力。正因为这些东西的存在，使你能够更好地面对社会、人生，正确地选择自己的道路、方法，感受到生活的美好、幸福，并保有追求更美好未来的力量与信心。这样来看，这套书意义重大。我真诚地希望大家能够喜欢，也希望有更多的适应同学们阅读的好书面世。

2021年3月21日于晋阳

（杜学文，山西省作家协会主席，著名文学评论家）

目 录

第一辑
留着记忆作名片

003　一根拐棍
013　我和王保忠的生死聊
022　檀树
028　听夜
032　槐子沟
037　酸枣
043　故乡不是风景画
052　那一张债单
060　读山
065　这老头

第二辑
叩问大地他是谁

071　泥土的灵魂
078　六岁那年　我已经长大
086　诀别
095　我妈有了手机后
104　六叔要"逃亡"

113　一个女人和一口铁锅

129　我和那棵老槐树

138　六叔返乡记

146　寻找缺失的父爱

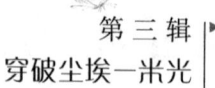

第三辑
穿破尘埃一米光

153　唯有碛口

157　那一袭长长的红色道袍

165　安国，安国，何以安？

170　石窟背后有座山

177　孟门，千年不衰的气场

187　还你一个更年期

192　别太把自己当主体

195　四祖思富

198　吃遍中国也不难

201　散文的灵魂

　　　——关于张金厚散文的六个关键词

　　　　　　　　　　　　　/马明高

故乡不是风景画

第一辑
留着记忆作名片

没事了，老甘就看山，有时是一个人看，有时是小皮陪着他看。

他想看到什么，或者说他在等什么，没人知道。

当我们的话题说到老甘的这份坚守时，保忠好像是对我也好像是对他自己说，这份坚守更多的是煎熬。

我突然有一种感觉对保忠说：

「老弟，你就是老甘。」

一根拐棍

我这里说拐棍而不说拐杖,是因为在我们乡下拐棍和拐杖是不一样的。拐杖选料讲究,做工也精细,雕个花纹,刻个龙头,有的还要上一层黄漆,这么一拨弄,你就不敢叫它拐棍了,得叫拐杖。拐杖精致,也贵,一般人拄不起,就拄拐棍。拐棍就简单了,随便在树上砍一根一头带弯的树枝,剥了皮,略为打磨一下就能用了。遇上粗鲁不讲究的,连皮也不剥。拐棍不值钱,用着了它是一个物件,用不着它就是一根柴火。拄坏了,随手一扔,再弄一根,谁也不会觉得可惜。

在村里,拐棍也有三种。一种是盲人用的,这种拐棍其实不"拐",就一根直棍,要细,要长,木质弹性要好,盲人的拐棍一般不是用来拄的,是伸在前面点点划划探路用的,盲人的拐棍其实是当眼睛用的。另一种就是在一根粗木棍一端加嵌一根短木棍,这是专供严重残疾不能独立行走的人用的,走路时横木顶在腋下,整个身子的重量全由这根棍来支撑。因此,木质需坚硬,要粗,要结实。这种拐棍才是真正当腿用的。村里人用得最多的就是我开头说的那种廉价拐棍,用它的人大都是老年和腿脚轻度不灵便的人。

在我的记忆中,爷爷的手里就没有离开过拐棍,开始拄的是那种嵌横短木的粗拐棍,那是因为爷爷得了一场大病,几乎瘫痪。后来听人们说,爷爷得病是因为我们家死了人,而且是不到两年连死带走一连失去四口人。

先死的是我的爹,那年爹三十三岁,爷爷五十四岁。爹从小耳聋，后来神经又有些问题，爷爷说爹的病是给耽搁了，因此爷爷总觉得自己对不起他的儿子。

那年我虚六岁。爹死的场景不是记得很清楚，只记得有不少人在哭，也有不少人忙着，一个个都拉着脸。爷爷没有哭，只是盘坐在炕沿上抽烟。爷爷两眼盯着地，脸上没有一点表情，口水顺着烟袋杆流了下来，烟锅里的火也灭了，爷爷只是抽，不见冒烟。这一切爷爷浑然不觉。

到了父亲要入殓的时候，爷爷扔掉烟袋，噌地站起来，几步跑到我爹的棺材前，爬在棺材上用身子挡住将要合上的棺材盖。爷爷慢慢地拉展我爹寿衣上的皱褶，用手轻轻地抚平。然后又抖抖地揭开覆盖在我爹脸上的麻纸，用他那粗糙的手抚摸着他唯一的儿子的脸。从左脸摸到右脸，从上额摸到下巴，摸着摸着两只眼里涌满了泪花，但爷爷始终没有让它流出来。当人们把他拉起来时，只见爷爷上齿紧紧咬着下唇，牙齿下渗出了淡淡的血印，但爷爷硬是没有哭出声来。爷爷刚站起来身体就晃了几下，众人慌忙把他扶进屋里，爷爷打发走众人，又独自抽起烟来。

父亲死后，我们家里再也没有了往日的欢笑声，大家没事很少出门，说话轻声闷语，窝在家里小心翼翼地活着，就这样也没有逃脱厄运的再次袭击。

就在那年冬天的一个夜晚，入睡的我们被隔壁母亲的号啕大哭惊醒。当我和爷爷奶奶胡乱穿上跑到母亲屋时，发现妈妈怀中的弟弟已经断气。妈妈怕爷爷承受不了这样的打击，边哭边抱着死去的弟弟往出走。爷爷挡住妈妈说："天太黑，我来吧。"接过弟弟的尸体，爷爷便消失在茫茫的黑夜里。爷爷摸着黑把弟弟抱到村西口一个叫有子沟的地方，两腿一软就坐在了一块草地上。往日两周岁的弟弟在家里是最让爷爷开心的"人物"，今夜爷爷想用自己的体温温暖小孙子的身体。他把弟弟紧紧抱在怀里,但渐渐僵硬了的弟弟让爷爷明白这一切都已无济于事。我不知道爷爷是如何把弟弟放在那深沟里,又是如何一步三回头地离开他最疼爱的小孙子,夜很深了,爷爷才极其落魄地走了回来,这时的爷爷头发蓬乱,胡子上挂满了白霜,身上沾满了草屑,就好像他自己死过一回。

迫于生计,就在第二年的秋天妈妈就带着妹妹改嫁了,热热闹闹七口人的一个大家,不足一年的时间就剩下爷爷奶奶我这两老一小三口人了。妈妈走了的那天晚上,家里的气氛完全降到了冰点,谁也没有什么说的,一说话不是叹气就是哭泣,都很早就睡下。也许是太累了,少心没肺的我便早早地睡着了。第二天早晨醒来,觉得爷爷那边有什么动静,起来一看,只见爷爷满头大汗,几次要起来都没能爬起。也许是一年来我失去的亲人太多了,当时爷爷的情景比我父亲死时都觉得可怕。我便拉着爷爷的胳膊往起扶他,爷爷拼尽全身力气的几次努力又以失败告终,我去背后抱爷爷,可怎么也抱不动,我又爬在爷爷面前,让爷爷爬在我背上试图把爷爷驮起来,也没有成功。这时我和爷爷都是满头大汗,我实在无能为力了,心想爷爷这也是要死了吧,极端的无奈和恐惧让我爬在爷爷身上号啕大哭起来。

爷爷病倒了,奶奶还得伺候爷爷,家里的事我便不得不承担起来。担水,扫院,喂羊,拾柴火,七岁的我就成了个大忙人。最难的是拾柴火,不但要保证每天家里做饭取暖的用柴,还得为阴天雨天储备些。这样我必须每天挑着小篮子出去刨玉米茬子,我是不管谁家的,碰到就刨。那一天,我正刨得满头大汗,突然一位远房堂叔站在了我的面前,这位堂叔性格火暴,平时绝无笑脸,是村里我最怕的人。没想到竟走到他家的地里,一着急拔腿就跑,刚起步就被玉米茬绊倒了。意外的是堂叔今天并没发火,还连忙把我扶起,给我拍掉身上的土,拔掉手上的刺,揉了揉带血的伤口,揉得很轻很轻。堂叔一脸的慈祥和怜爱让我的眼泪扑簌簌地流了下来，我看到堂叔的眼也有些湿了。堂叔给我擦干泪，帮我刨满两小筐玉米茬，挑着把我送回家。从那以后，我发现堂叔家的地里每天都有刨起来的玉米茬，土不是弄得太净，我只要再稍微弄捣一下就行了，而且每天不多不少正好是我的两小筐，省了我的不少力气。还是在我长大以后才明白那都是堂叔专门为我刨的，不把土弄净是怕人们顺手拿走。暴躁的堂叔竟有这么一颗细腻的心，这件事至今想起来我心里都是满满的感激。

爷爷的腿病是一位老中医堂爷给治的。除了电针外，还要用桑柴火烤，就是把桑树皮剥下，烘干，然后放在铁盆内点着火，把爷爷的腿包好放在上面用火烤。这个情节我曾在以前的一篇散文中写过，每次都烤得爷爷浑身是汗，难受无比，但爷爷每次都一声不吭地挺了过来。这里还有一个人物不得不说，那就是远房堂爷村支书，村支书是村里最大的官，是没人能惹得起的人物。村支书又是我爷爷最大的仇人，两人的官司打到县里省里。由于烤腿桑树皮用量大，我家的就连三爷四爷家的桑树皮都让我剥光了，实在没有办法，奶奶便把我领进村子西生产队的一片桑树林里。刚开始剥村支书就走了进来，奶奶一看不好，丢下我就跑，她知道村支书不会对一个孩子怎么样。当时我真的有些懵了，怒目瞪着村支书，大有拼上一命的架势。村支书走了过来，脸上表情也很平和，摸摸我的头发弯下腰低声说，告诉你奶奶，以后不要在一棵树上剥，每棵树上少剥一点，说完就走了。看着支书的背影，觉得这大人们太复杂，实在弄不明白。回家后把支书的话学说了一遍，惊魂未定的奶奶才放下了心，爷爷好像理解得更深，叹了一口气说，到底还是本家兄弟。

爷爷就这样在桑柴火上烤了三个多月，一天中医堂爷给他拿来一根嵌有横木的拐棍，硬是扶着爷爷下了炕。爷爷拄着这根粗粗的拐棍挪开了脚步，先在家里，十几天后竟能出了门，院子里，大门外，爷爷的腿奇迹般地好了起来。几个月后，爷爷突然从柜子背后拿出了一根不粗的新拐棍，换下了堂爷给的那根，这标志着爷爷的腿病有了明显的好转。

爷爷什么时候给自己准备了这么一根拐棍，我不知道，这虽然是一根普通的拐棍，显然是经过了精心的打理。木质坚硬，粗细长短重量都很适中，树皮剥得干干净净，打磨得也很光洁，着地的一头包了一圈薄铁皮，手柄上还套着一层护手。虽然还算不上拐杖，但在村里人用的拐棍中无疑是最好的一根。

这根拐棍爷爷再没换过，一直陪伴爷爷走完了最后十八年的人生岁月。拐棍再好，说穿了也就是一根木棍，在家里所有的物件里应该是最不值钱的，我不明白爷爷爱惜这根拐棍超过了家里所有的东西，甚至不亚于对一个人的爱惜。

你比如，回到家里爷爷从不像别人一样把拐棍放在门旮儿，而总是横放在炕的前沿。晚上睡觉这拐棍又总是紧挨着爷爷的褥子边放着，在外面和人闲聊，爷爷席地而坐，他总是把拐棍的手柄搭在肩上，拐棍放在怀里，一只胳膊总在拐棍上搭着，这几乎成了爷爷的习惯性动作。耕地，爷爷从不拿牛鞭，一手扶着犁，一手拄着拐棍，牛不听话了，爷爷只是挥挥拐棍吓唬吓唬，从来没有落在牛的身上。做别的活儿，爷爷总要在地上挖个坑，把拐棍立在坑里，踩实周围的土。冬天立在向阳处，夏天立在阴凉的地方。不管在哪里，爷爷的拐棍总是立着的，从来不乱扔。为此爷爷还得了个"拐棍老头"的绰号。

后来几年，我觉得爷爷的腿病基本好了，有时就不需要拄那拐棍。我常发现爷爷的拐棍有时是拉着，有时甚至是提着，但他每当出门总要拿着，从没落过。我想，这也许成了爷爷的一种习惯甚至是一种"洁癖"。但有一件事让我彻底领教了爷爷对那根拐棍的珍爱。一天，几只鸡正在偷吃奶奶晾出的小米，情急之下我顺手拿起爷爷的拐棍扔了出去，谁知用力过猛，那拐棍一头着地，跳了两跳倒在地上。这时的爷爷猛地站了起来，二话没说，就在我屁股上打了两下，打完也不顾号啕大哭的我，就去捡他的拐棍。在我的记忆里这是爷爷唯一的一次打我，我就觉得我在爷爷心里还不如一根拐棍，哭得特别伤心。爷爷见拐棍并无大碍，蹲下把我和那根拐棍一起拥入他的怀里。爷爷并没哄我，只是默默地抱着。我的脸上、脖子上能感觉到爷爷呼出的气息，这暖暖的气息渐渐地融化了我心中的一切怨气。至此我似乎觉得爷爷的这根拐棍有些神秘，再没有轻易动过它。

　　直到十八年后的一天，爷爷才把这根拐棍的故事告诉了我，那一天，我和爷爷去种山药，这天爷爷的话特别多，话说得很细，有的话还要重复几次，不少话是在嘱咐我，表现得很不放心，好像他是要出趟远门，而且需要很长时间，我虽然觉得这不是爷爷的风格，有些怪怪的，但也没有多想，最后爷爷就把话题引到这根拐棍上。

　　原来爷爷的这根拐棍果然有着令人心酸的故事。

　　做这根拐棍的不是爷爷，而是父亲。父亲很小时我的奶奶就去世了，（本文中的奶奶是我的后奶奶）爷爷又被阎锡山的部队抓了壮丁。父亲就由他的祖父母抚养着。由于得了耳病没有得到及时治疗，等我爷爷从部队回来时父亲就什么也听不见了。为此爷爷悔恨了一辈子。耳朵聋了的人大都有些迟钝，父亲除了爱看书外很少与人来往，常遭村里人的歧视。父亲长大后也反抗过这种歧视，一次和一位堂爷发生了口角，被这位堂爷猛击一拳打倒在地，口鼻流血，自此就落下了头疼的毛病，发作起来父亲抱着头满地打滚嗷嗷直叫。再到后来父亲整天昏昏沉沉，神经便出了问题，常常出现幻觉，不能参加劳动。那时他已经有了我、妹妹、弟弟，是三个孩子的父亲了。

　　一天，父亲突然失踪了，一早出门走了到天黑还没回来，有人看见父亲走时腰里还别着一把斧子，这可吓坏了我们全家，所有的亲朋好友四处寻找却不见踪影。正在大家犯愁失望时，父亲扛着一捆木棍回来了。爷爷又气又火，但看见父亲精疲力竭极为落魄的样子，知道父亲一天没有吃饭，也就再没有说什么。

第二天，父亲便把那捆木棍摆了一院，一根一根地比粗细，掂分量，试强度，量长短。父亲神情特别专注，拿起这根，放下那根，每根都要来来回回试好几次，父亲好像用的还是排除法，不合意的便顺手扔进柴火堆。大家都以为父亲的疯病又犯了。谁也没有去理睬他，那时只要他有事做，不乱跑，全家人也就放心了。

辛苦对比了一整天，父亲终于选中了一根合意的，看着这根木棍，父亲脸上露出了笑容。此后的每天里父亲都在拨弄那根棍子。先是剥皮，父亲剥得小心翼翼，生怕伤了棍体。皮剥完了，接着是用砂布细细打磨，父亲磨得很轻很轻，只要有一丝划痕，父亲也要慢慢地磨平。磨累了父亲就抱着棍子歇息，打个盹，醒了，接着再磨。磨完了，父亲拄着棍子先在院子里走了两圈，又在大门外的土坡上，上来下去走上两回，也许是觉得很满意，父亲笑了，笑得惬意，笑得满足，笑得温柔，完全不像个有疯病的人。

自从做起了这些，父亲的头疼和疯病再没有犯，也没去乱跑，显得非常安静。我们以为这也许是一个好的转机，没想到几天后，父亲又犯了一次疯，这一回还疯得有些惊心动魄。

引起父亲犯病的是一条蛇，谁也没有想到这蛇会在正午时出现在村中心的大路上。鸡飞了，狗跑了，孩子大人躲开了。父亲先是一惊，接着便愣在那里好像在想什么，转而便是满脸的兴奋。他不是去躲，而是在慢慢地接近那条蛇。这时的蛇也发现了父亲，也好像看出了父亲来者不善，便张开大嘴立起半身吐着毒信向父亲示威。远处的人大声喊着制止他，然而耳聋再加上如此的专注兴奋，这时的父亲已经根本无法阻止。

猛然间不知体弱多病的父亲哪来的劲儿，他敏捷地闪过蛇的袭击，迅速绕到蛇的背后，一下抓住蛇的头颈，接着提起蛇一阵乱舞，随即迅速把蛇摔在一块石头上，那蛇就动弹不得一命呜呼了。闻讯赶来的爷爷气得跳了起来，指着父亲劈头大骂。看着火气冲天的爷爷，父亲不敢顶撞，悄悄地提着那条死蛇走了。

这次折腾后，家里人刚刚萌发的那点希望彻底破灭了，特别是看到他每天拨弄那条死蛇，大家都觉得父亲这回实在是疯得太厉害了，实在是没救了。

对于大家的失望，父亲好像根本不在意，只是提着那条死蛇忙他的，也许是怕再挨爷爷的骂，他总是躲在没人的地方，谁也不知道他在干些什么。几天后，死蛇不见了，父亲也安静了，一天不是睡觉，就是呆想，一个疯了的人他会想什么，谁也不把他当回事了，只是提心吊胆，希望他不要再疯出什么事来。

然而自那以后父亲再没有疯，他的行为说话和常人比起来也没有什么区别。那年三月的一天中午，爷爷吃完饭坐在炕沿上抽烟，这时父亲突然走了进来，手里拿着他精心制作的那根拐棍。拐棍打磨得光溜溜的，着地那头箍的铁皮结结实实，手柄上紧紧黏着的那层淡绿色的护物平平展展。父亲这天的精神很好，头脑也很清楚。爷爷示意让他坐到自己的身边来，父亲拿着拐棍慢慢地朝爷爷走去，深情地看着自己的父亲，脸上布满淡淡的笑容。看着儿子的笑，爷爷也是满脸的慈祥和怜爱，再三催促儿子走近他。这时不知父亲是胆怯还是不好意思，只是挪了挪步。他低着头，轻轻地叫了一声爹，就双手举起那根拐棍，一下跪在爷爷的面前，语气悠悠地说，爹，我的病我自己知道，儿子恐怕是不行了，说不准哪天就要走了，我不能为你养老送终，还拖累了你三十几年。儿子也没什么送你，只能给你做这么一根拐棍，等你老了腿脚不方便了，儿子也不能在你身边扶你一把，你就把这根拐棍拄上，就把它当作你的儿子。手柄上护着的就是那条蛇皮，蛇皮凉快，败火，解毒。这是书上说的，不会有错。爹，儿子不孝，最后也只能为你做这点了。父亲说着两行眼泪像泉水般涌了出来，哽咽着再也说不下去。爷爷急忙接过拐棍，把父亲和父亲给他做的拐棍紧紧搂在自己的怀里，大哭起来。

在送给爷爷拐棍的一个月后，我的父亲死了。

在给我讲完这段故事后的第三天，我的爷爷死了。

那年，我二十三岁，还没娶到老婆。那天，我毕业上班不到一个月，仅第一次领到工资，家里最值钱的就是那孔几乎不能住人的破窑洞，最亲的就是从此爷爷再无法喂养的一口小猪，两只小羊。以后该如何活下去，我不知道。当那沉重的棺材盖就要合上，将我和我在这个世界上最亲的亲人永远隔开时，我好像就要疯了。我猛扑过去用我的身子挡住棺材盖，轻轻地拉展爷爷寿衣上的皱褶，慢慢抚平，又抖抖地揭开覆盖在爷爷脸上的麻纸，轻轻地抚摸着爷爷布满皱纹的脸，从左脸摸到右脸，从上额摸到下巴。我把那根拐棍擦得干干净净，放在棺材里爷爷的右手边。

我久久地跪在灵前，给爷爷，给爷爷身边的那根拐棍，深深地叩了三个响头……

赏　析

张金厚的不少散文采用的是一种冷色调的描绘，以此形成了他的作品突显现实的某种强烈的底色。本文就是比较典型的一篇。

一个半疯半癫的儿子在他生命即将结束的时候，用他人性的本能倾注心力给自己的父亲打造了一根拐棍，为了这根拐棍的一个护手，他冒险打蛇取皮，疯癫中还要给父亲制造一个自己的替身。这种人性深处天然的善良居然没有被疯癫泯灭，而这一切又被人视为疯癫的失常，这是一种多么震撼人心的笔力。而爷爷呢，他把拐棍看作自己的儿子，在他看来拄这根拐棍就是"拄"着儿子，就有了活下去的理由，活下去的支撑。他把对儿子的不舍、思念、疼爱都倾注在一根拐棍上，一个失子老人的情感和血泪叫人刻骨铭心，潸然泪下。

张金厚说，他写这个悲剧绝不是要责问谁，也不是为了散文，"只是去体味一下我的父亲死的有多苦，我的爷爷活得有多难。父亲是如何在那种苦中死去，爷爷又如何在那种难中活着。"一根拐棍浓缩了三代人的情感和血泪，以及人性的光芒，人生的信仰，这是作者从岁月长河中打捞出来的经验之谈，因而自然而然有了穿透世道人心的力量。

如此说来，好的散文与这主张那主张无关，与文坛的流向亦关系不大，全在一颗心与世界那坦诚的一撞。

（张永红）

> 张永红，男，1984年生。2007年毕业于山西师范大学中文系，现为中阳县第一中学高中语文教师。坚持"大语文"的教学理念，偏重对学生写作的系统性指导和训练。业余时间偶有文学创作。

我和王保忠的生死聊

一

和王保忠聊天，不知不觉聊起了这样一个话题，我问保忠，你觉得写什么样的文章最煎熬？

保忠说，悼念亲友的文章。他对我说，以后你不要写这样的东西。

我又问，写什么样的东西最没用？保忠说，悼念亲友的文章。他对我说，以后你不要写这样的东西。

我说，这样看来以后我死了，你也不会给我写点东西了。哈哈哈哈，保忠发出一串长长的笑，完全是憨男的那种。笑完，他一本正经地对我说了四个字：老张不死！

保忠也狡猾，他用这种方式，把这事就轻轻赖掉：不写。

其实，那时，或许保忠真的是以为老张死不了，和我坚信保忠不会死一样。

因为我们都觉得，两个健壮如牛的家伙，怎么会死呢？

死，离我们都还太远。

二

还是聊天。这次聊他的长篇小说《甘家洼风景》，保忠问：你觉得老甘是痴迷还是死相？我心里"噔"了一下，觉得他问的并不是老甘。

保忠说的老甘，是他这部小说的主角，甘家洼的"洼主"。人丑、残疾、木讷。老甘是痴迷还是死相，保忠比谁都清楚。老甘心里只有一个"守"字，他守着老火山的"大漠孤烟"，他守着甘家洼的黑灯瞎火，他守着和一条叫小皮的狗陪伴的"破村长"位子，他守着被开沙厂男人拐走的老婆，他守的还有马寡妇雪白的大腿，地头迎风起舞的稻草人，他屁股下的那具碌碡……

没事了，老甘就看山，有时是一个人看，有时是小皮陪着他看。

他想看到什么，或者说他在等什么，没人知道。

当我们的话题说到老甘的这份坚守时，保忠好像是对我也好像是对他自己说，这份坚守更多的是煎熬。我突然有一种感觉对保忠说："老弟，你就是老甘。"

"什么？"保忠看我的眼光很奇怪。

我说："你就是你的那个老甘，坐在碌碡上，寻找黑灯瞎火中的一个光点，哪怕是一只萤火虫，你也会把它当作太阳来珍藏。除了吃饭，睡觉，你都在寻找。"

保忠两眼直直地看着我，不说话，愣着不动。

我又说："你在寻找写在老火山上，写在夜幕背后折皱里，写在老甘们骨头里的文字。那里有许多你要说的话，有你要告诉世人的风景。你的优点也和老甘一样，就是那么不顾一切的坚持。"

他说："那小皮呢？"我知道他一定会这样问。

我说："小皮就是弟妹，你的老婆。"

保忠笑了笑，没有反驳。

三

那年是保忠的第四个本命年,保忠对我说:"现在,我是终于迈出来了。"语气里可以听出他困惑的重负卸掉后的欣慰,还能听出一种曾有过的焦虑与艰辛来,这一年,他启动了"一人百村调查计划。"

"迈出来"以前,他在苦心"经营"着甘家洼。写出了长篇小说《甘家洼风景》《银狐塬》《男人四十》,出版了中短篇小说集《张树的最后生活》《尘根》《我们为什么没有爱情》《守村汉子》,微型小说集《窃玉》,散文集《家住火山下》。

王保忠创作成就的源头有两个层面,一个是依附于生物属性,他是百万年老火山留下的一个"活物",他体内有今天老火山的冷峻,也有过去老火山的热烈。另一个是依附于精神层面,他又是当今时代造就的作家,本能的历史厚重和自觉的现实担当,成了他用笔书写的理由。

那些年的保忠,作品一部接一部,部部击骨敲心,不能不说是英姿勃发,气象万千。

山西,不,乃至全国农村文学创作也许高手如云,但绝不能轻易忽视"王保忠"这三个字,因为他从老火山磕磕绊绊走了下来。亲手筑起甘家洼这个高点,其间的风景不论是现今的同事还是后来的写家在很长时间内仍然需要仰视。

四

也许是保忠太忙,也许是他那不愿打扰人的性格,或许是他要恪守一个主编和作者之间必须保持的界线,几次谈话到了饭时,约请他吃饭都被他婉拒。他在"一人百村计划"中来到中阳，我想，这次你是逃不掉了。

饭前，我问："这次请你吃饭，你不会再推了吧？"

"嘿嘿……"保忠笑了，"不推，不推，我最怕饿肚子。"改不了的实话实说。

天冷，雨大，衣单，再加上忙乎了一天，太累，我看到他急于吃饭的样子很好笑。上菜了，我有意地把事先准备的一瓶好酒藏了起来，我知道他好这口，一来耍耍他，二来惩罚一下他多次的不给面子，果然，他脸上有一点怅然若失，不过仅仅就那么一瞬，当我从衣服内拿出酒时，他又笑了，"哈哈，我就知道会有这个。"

我说："就你这身架，也不是喝酒的料。"他朝我举起酒杯，我以为他是以此方式来回应我的激将，没想到他说，"老张，你知道人在什么情况下最想喝酒？我告诉你，第一天气冷，第二让老婆骂了，第三文章写卡了。"

接着和我连干了三杯，说这酒真香。

每次他端起酒杯，完全就是不把我这"庞然大物"放在眼里的架势，从他这种略带羞涩腼腆笑容里泻射出来的大气磅礴，能化了一座山。

五

有了这份大气磅礴，就不难理解他"迈出来"后的大手笔。上太行，下吕梁，做的是一个人百村调查的大事，他要在这一百个山庄窝铺寻找甘家洼的"香火"，完成"中国三部曲"《他的乡》《我的村》《河的家》的创作，这是一个立体的乡土中国，其势也够恢宏。

有了这份大气磅礴，就不难理解他大手笔后的大手笔，一个人独

走天下黄河，当代版的千里走单骑。他要在这滚滚不息的母亲河里，打捞出久藏于百姓心底的"龙脉"。荒芜的乡村，迷茫中的农民，他试图在中华民族的发祥地找出他们的"宿命"。

这一壮举是在妻子素荣揪心的担忧和无奈的告别中起步的。

"一个人开车太辛苦，你就坐班车吧，还不是一样的走？"素荣试图说服自己的丈夫。

他说："不行，那样束得太死，该看的都会错过。"

"那就找个人陪你去，最好是会开车的，替换着开，也有个照应。"素荣说。

他说："大家都很忙，谁有那闲工夫，再说，那又不是娶媳妇，还要找个伴郎。"

一边担心丈夫的身体，一边又怕因为自己的坚持丈夫改变了主意，她知道失去了梦想，丈夫将会更痛苦。素荣的劝阻不是很坚决。

在保忠家里一个不太引人注目的角落里，至今仍立着几块不太引人注目的硬纸片，纸片被压得很瓷实，擦出了光亮。保忠常说，"这是我最珍爱的褥子。"那段时间，滚滚的黄河边每天可以看到这样一幕：在路旁，在地畔，或者在河滩、田埂，一个十分疲惫的男人，消油、熄火，打开后备箱，拿出几张硬纸片，铺在地上，一倒头便进入了梦乡。此时在无垠的旷野里只有孤独地熟睡的王保忠和此刻已经不再孤独的黄河。

一年后，当素荣知道保忠患的是不治之症，当北京的专家告诉她，"这病与他的职业有关，是累出来的"时，素荣心里涌起了铭心刻骨的悔意，怨恨自己当初没有坚决地制止他。

可是，谁都清楚，当初已经进入"一根筋"状态的王保忠，又有谁能制止得了呢！

六

运动神经元病，保忠和素荣最终等来了这一可怕的确诊。当主治专家告诉他们，这种病的发病率仅为1~3/10万，患病率为每年4~8/10万，最要命的是目前世界医学界都没弄清它的真正发病原因，更没有治疗办法。他们明白得了这种病就等于宣判了死亡。

保忠和素荣完全懵了，看到蜷曲地坐在医院楼门外台阶上等候她的丈夫，强装了一年多笑容的素荣再也没有力量装下去了，两人抱在一起号啕大哭起来。前些时，他们都哭过，哭了无数次，然而都要等到对方和孩子不在的时候，每当四目相对，两个人都在竭尽全力地往自己脸上堆笑，都在为对方减轻压力。今天他们抱着对方，抱着世界上那个最值得自己用力抱的人，抱着那个最想扑在他（她）怀里大哭又最不愿意他（她）看见自己哭的人，痛快淋漓地哭一场，那天的王保忠哭得荡气回肠，像几万年前老火山喷发的狂啸，也像黄河壶口瀑布般的宣泄。他的哭汇聚了他写的所有文学作品中的哭声，他的泪足有桑干河水那样的澎湃。

此后保忠还哭过两次，都是在他竭力想往起站而又实在站不起来的时候，每次都是大哭两声后，马上又憨憨地笑起来，自嘲地说："我怎么就这么脆弱呢！"

以后还有几次，他脸上肌肉绷得很紧，是想哭的样子，但随即又变成自嘲的淡笑，一点声音也没让发出，打那以后保忠再没哭过，而且还开始接受轮椅了，之前家里人一让他坐轮椅，他就生气，就喊，"我怎么能坐那玩意儿，那还能活么？"现在他不但不再喊了，肯坐了，而且还常常练习自推轮椅的能力。

一天，天气很好，妻子推着他走出了"闷"了二百多天的楼房，

刚出单元门,他就扬起头来,眯着眼,嘴巴使劲往上撅。

一口,再一口,又一口……边深呼吸边数着,直把妻子逗笑了,他才睁开眼,冲着妻子嘿嘿嘿嘿。

有一次,他坐着轮椅在院子里散步,就自拍了一段视频给上班的女儿月月发过去,视频里的保忠,手里举着从小区花池里摘的两朵黄色的小花,口齿不清,但竭尽全力大喊:"鲜花送给你!"加上一脸憨笑,可爱得像个孩子。自从他得病以来,他就没见女儿笑过,这次,他本来想通过自己的这个小滑稽逗女儿开心,没想到倒惹得女儿泪水涟涟。

保忠知道,笑声,在这个家里已经久违了,这时,太需要妻子、儿女的笑声来打破这种沉寂,他也知道,如果以后自己不在了,这个家里将在不短的时间内很难再有笑声,于是他想用自己尚有的一点力气给自己的妻子、儿女"制造"出点笑来。这一切放在他那五六百万字的小说里,也许只是一个撩人一笑的小细节,然而今天已成了他唯一能送给自己亲人的礼物。

这一切,对保忠其实是一种煎熬,上帝看得清清楚楚,也许他也觉得让一个年仅五十三岁才华横溢的作家遭受这种残酷是一种罪过,实在不忍心看下去了,便把他召了回去。

这一天是二〇一八年九月二十二日七时二十六分,农历八月十三,离中秋节这个万家团圆的日子仅有一天零十六小时三十四分。

七

八月十三,就在保忠去世的那天晚上,我孤灯独坐,打开手机,翻看和保忠的聊天记录。这些记录是从去年正月初五开始的,那天我约了一位老中医朋友去保忠家里给他看病,并定了以后坚持上门给他治疗。

聊天持续了差不多有半年的时间，除了我怕影响他休息，担心消耗他过多的精力，间或停隔一两天外，几乎没有停过，有时是一两句问候，有时就互发几个表情，更多的是我的"长篇大论"，有的竟有几百字。大概意思是：病能治好，但需要较长时间；要有耐心，做好配合治疗；要坚强；要有信心之类，我的微信大都以每次看病开药后医生跟我说的话为蓝本，剔除些不想让保忠听的，再把我想说的话变成医生的话说给他，大都很励志，但这里有不少是我的谎话。

保忠的微信大都不长，但也回得很勤，除了很急切地询问医生跟我说了些什么外，就是说服药后的感觉，"想吃饭了，吃了也舒服"，"觉得说话也有力气了"，"好像长点肉了"，"足拇趾有了想动的感觉"。这陆陆续续传来的信息让我喜出望外，觉得奇迹好像马上就要发生。

一天保忠说，以后把咱这聊天微信稍做整理，就是一篇不错的散文。都这种时候了他忘不了的还是文学。

没想到的是在六月四日这天，保忠给我的微信就定格在两个微信表情竖起来的拳头上，这是坚强和加油的意思，然而定格一直持续到他的去世。

微信表情下，写字框内那个绿色的竖杠一闪一闪，好像在催促我写点什么，我想确实也应该再和保忠说点什么了，于是写道：

"保忠老弟，如果天堂也需要作家，咱们还做，只是别再把自己搞得那么累了。"

写完，我轻轻地按了按绿色的发送键，那些文字便从我的手机上飞了出去。

不知道天堂中的保忠收到没有……

赏析

这是一篇"聊"的文学,"聊"就是对话,是文章的主要表达方式。严格地说文学的"聊"要有水准,聊得让人爱听。

突出的是聊保忠的小说《甘家洼风景》主人公老甘的那段,堪称精到老辣的"聊"法,"我说,你就是老甘""你就是那个坐在碌碡上……的老甘。"他说,小皮(老甘的狗)呢,我说,"小皮就是弟妹,你的老婆。"保忠笑了笑,没有反驳。像这样的对话还有"老张不死"、酒桌对话等等,接着是聊什么的问题,文章的标题已经告诉你聊的是生死,这事不算小,这一聊题贯穿了文章的始终,聊的都是和生与死相关的话题,至于聊的方式就更多样了,有办公室关于创作的海聊,有调侃中关于生死的神聊,有饭桌关于饮酒的醉聊,有治病期间安慰的长聊,有保忠逝世后手机微信的独聊,这种多样化的聊法使文章生动,鲜活,多姿多彩。

老张能"散",不经意间就把这么多人、事"聊"成散文,是因为他能从生活中"跳出来"(跳出来是为了钻进去,看得更深),去观察生活,去审视社会,去用自己的思维去拷问人生,这样,逝去的王保忠在他的笔下还是那样生气勃勃。

(贺新民)

贺新民,男,1966年生。大学本科学历,现为中阳县第一中学高中语文教师,山西省诗词学会会员。参与编写《山西省高中语文导学案》,独立完成《月是故乡明》模块的学案编写,被评为山西省第七届高中语文教学能手,业余时间笔耕不辍,诗歌、小说、散文都有涉猎。在《吕梁文学》《吕梁日报》《难老泉声》发表诗歌数篇。

檀　树

在吕梁山上，檀树是一种极稀有的树种，偶有几棵，也是有钱人家高价从外地买回来栽植在祖坟上的。祖坟上的檀树是祖先高贵的象征，也是儿孙地位的显示。一般人家的祖坟栽不起这样的树，只好栽些榆树杨树之类。因此，即使是陌生人，只要看见谁家坟头长着檀树，总会情不自禁地说："啧啧，一定是个大户人家。"

檀树枝杆粗壮，木质坚硬细腻，是雕刻工艺品的上选木材，而且树体高大，树叶繁茂，有高贵庄严仪态，因此就成了有钱人家坟地栽植的首选树种。檀树有雄雌之分，只有将雄雌两棵一起栽植，秋天才能长出满树的檀果（当地称檀籽）。因此坟地栽植檀树，至少是一雄一雌两棵。这些科学道理村里人不懂，他们崇拜檀树，只是因为檀树结籽多，祖坟栽上檀树，必定子孙兴旺，再则檀树稀有珍贵，家族中必定会出大富大贵之人。

我们家的祖坟上，就长着这样四棵极其茂盛的檀树，每棵都得两个男人双臂合围才能抱住。据说，明朝时候，我们家是县城的大户人家，为避战乱迁居到这里。此后不久，老祖宗死了，四个儿子就在父亲的坟头上栽了四棵檀树，象征一门四开。檀树长得极其茂盛，家族中果然出了一位不凡人物。此人名叫张蕴道，大明进士，官封工部侍郎。从此这四棵檀树成为全村人的骄傲。对四棵檀树更是顶礼膜拜。每年清明节和过年上坟，各家各户第一站必定是来这里祭祀，四棵檀树上挂满各种颜色的纸条，坟前鞭炮、大炮声此起彼伏，子孙们黑压

压跪下一片，个个表情严肃庄重，三叩九拜。久而久之，檀树取代了祖宗在人们心中的位置，好像我们拜的不是埋在地下的祖宗，而是长在坟上的檀树。

　　檀树极能结果，说是果，其实是像豌豆大的黑色颗粒，只有薄薄的一层皮，并不怎么好吃，又没多少吃头。吃檀果男人一般不来，来的都是有生育能力的女人和年轻少女。每到檀果成熟的季节，女人们互相招呼着，三个一群，五个一伙，嘻嘻哈哈，有说有笑，全然没有祭祀时的庄严。女人吃檀果很有讲究，不能吐核，连皮带核一起吃才能奏效。因为核就是籽，只有吃了檀籽，才能生下贵子。女人们吃檀籽还要比赛谁吃得多，爱开玩笑的，边吃边摸摸别的女人的肚皮，问一声，怀上了没有。好像给她们怀孕的不是自己的老公，而是这些黑不溜秋的檀籽。吃够了，女人们的嘴唇都染成了赭黑色，打着饱嗝，指着对方的黑嘴巴说一些酸话，引来一阵笑声。说完了，笑够了，也就散了，回家准备生孩子去了。

　　村里的男孩子也都得来吃檀果。传说老祖宗张蕴道小时候就特别爱吃檀果，后来果然考取了进士，做了大官。"果"就是"官"（这里的方言官读 guǒ，与果同音）。檀果熟了，父母一定要打发儿子去吃，见儿子黑着嘴巴回来，就高兴地摸摸儿子的头，说："好，长大一定能当个大官。"

　　檀树一年一年地结着檀果，女人和孩子们一年一年地吃着檀果。孩子们其实没有那么多企盼，只是觉得好玩，也好吃，或者是不敢违逆父母的意志，吃了檀果，也算交了一份差事，至于日后能不能当官，根本不去考虑。女人则不然，她们是一心一意地吃，没儿子的想生个儿子，当了官更好，不当官也成。有儿子的还真希望自己能再生出个当官的儿子。如果谁家的女人这时不在家，家里人总要去采摘些檀果存放起来，等回来后补的吃了。哪个女人偶尔一年没有吃檀果，一年心里虚虚的，日子过得也不踏实。尽管这样，自那位进士祖宗以后，家族中再也没有出现过像样的人物，连个乡镇书记都没出过。不过这丝毫没有影响人们对檀树的崇拜，也没有影响女人们生贵子的企盼。檀果每年照样地结，女人、孩子们每年照样地吃。

吃到了"文化大革命"，檀树檀果都成了封建迷信，公社派来了个下乡干部，说要扫除牛鬼蛇神，四棵檀树必须全部刨掉。村里人都姓张，挖自己祖坟的事没有人愿意干。下乡干部说，村里人每年吃檀果，中毒太深，就从外面找了几个戴红袖章的人，镢头铁锹一阵飞舞，四棵檀树顷刻倒地。红袖章走了，也没有人敢去理会这倒地的檀树，时间长了，树干树枝腐烂了，起蛆了，发出了一股股奇臭。檀树没有了，檀果没有了，祖坟变成了光秃秃的土堆。没有人再敢去祭奠，坟前冷冷清清。再到后来，年轻人不知道檀果是什么味道，甚至不知道这硕大的土堆竟是他们的祖坟。

没有想到的是，十多年之后，在六叔家的地畔，竟长出了一棵幼小的檀树。开始六叔以为只是一株草，正要下锄，那熟悉的卵形嫩叶使他眼前一亮。六叔扔掉锄头，蹲下身子，仔细辨认，当他确认这是一棵檀树时，心里一阵惊喜。六叔的地离祖坟不远，一定是祖坟显灵了，自己要走好运了，六叔这样想。

等心情平静下来，六叔才发现，这棵檀树不完全长在自家的地里，而正好长在三家地邻的交界处。这事瞒得了外人，可瞒不了那两家地邻，到时争起来，这檀树还说不定是谁家的，六叔心里一着急，想都没想，就把界石往外挪了挪，把这棵檀树完全包在自己的地里。

在六叔的精心照料下，檀树长得非常茁壮，还不到一年两家地邻果真发现了这棵檀树，细细观察后，又发现六叔挪动了界石，便找到六叔大吵一通，非要夺回这棵檀树不可。六叔自觉理亏，不但恢复了界石，还答应了这棵檀树三家共有的要求。

檀树没有辜负三家的辛勤培育，嗖嗖地往上长，高出了庄稼半截，很快被村里人发现了。村里又有了檀树，引起了全村轰动，纷纷前来观看，大家摸摸树干，翻翻树叶，夸赞声一片。有人说，这檀树说不准是祖坟上檀树的那条根或那粒籽发芽出来的，应该归全村共同所有。六叔三家根本不认这个理，据理力争，苦于没有什么确凿的证据，大家只是七嘴八舌吵了一通，悻悻地走了。

檀树每年的疯长，树干差不多有男人的小腿粗了。树叶墨绿墨绿，在太阳的照射下闪闪发光。该到结果的时候了，六叔想，第一树檀果一定要让自家的女人和孩子吃，吃个够，说不准真能生个有出息的儿子。春天，檀树吐叶了，六叔心中的希望萌发了；夏天，檀树开花了，六叔跟着心花怒放；秋天，随着一阵秋风，檀花飘落了，但就是不见有檀果长出，六叔心中的希望也随着檀花飘落了。又两年过去了，檀树老是光开花不结果，六叔心里犯了疑，决定去问问四爷。

四爷是村里的长者，也是公认的能人。四爷在村里极有威望，四爷的话就是真理。听说四爷要去看檀树，村里人也来了不少，四爷仔细打量着檀树，翻枝弄叶半天，神情颇像考古专家。四爷说："别看这树长得英俊，可惜是一棵寡妇树，寡妇是不会生孩子的，树和人一样。"

有人认为檀树就应该长在坟地，也许长在坟上就会结果，建议把檀树移植到祖坟上。当即就有人反驳，寡妇树上祖坟，你不想活，我们还想活呢！也有人认为既然这寡妇树是棵凶树，干脆刨掉算了。四爷连忙制止："使不得，使不得，檀树是有灵性的。"

四爷的话吓得六叔六神无主，头上顿时冒出了冷汗，六叔看到当初村里和自己争树的人现在显得旁若无事，甚至还有几分幸灾乐祸。只好把求助的目光转向四爷，四爷把嘴附在六叔的耳朵上，低声说了几句，转身走了。

送走了四爷他们，六叔不敢怠慢，忙在檀树紧靠自家的地边，挖了一条深沟，拿了水泥，扛了石头，放了些生铁、雄黄之类的镇物，筑起了一条严严实实的水泥石塝，以阻止檀树根延伸到自家的地里，然后用土把石塝埋住，这时六叔才松了一口气，心情也渐渐地平静下来。

很快，寡妇树的事在村里传开了，多少惦记吃檀果的女人、孩子也都彻底断了这份念想，再没有人挂念这棵檀树与当年祖坟上的那四棵有什么联系。最着急的还要数六叔的那两家地邻，实在后悔当初不该去争夺这倒霉的寡妇树。他们提着礼品拜访了四爷，四爷一阵耳语，他们又马不停蹄地和六叔一样忙碌了一天，完成了对檀树根的封锁。

全村人仿佛在一个晚上就把他们曾牵挂的檀树忘了个一干二净，就连那三家地邻也不愿多瞅它一眼，树根头的杂草早就死光了，檀树显得孤苦伶仃，看上去就像一个被遗弃的孩子。树干失去了光泽滑润，树叶也变得稀疏枯黄，还没等到秋天就飘飘游游地落了下来。寒冷的冬天，树枝在北风的吹拂下发出了呜呜咽咽的哀鸣。第二年春天，它再没有长出一片叶子，变成了一棵枯立的干柴。檀树竟这样很快地死去，也许是一种悲壮的自杀。我心里不知道是一种敬意还是一种悲哀……

赏 析

这篇散文，貌似写树，实则写人，在谋篇上作者以两代檀树为经，一群众生为纬，在经和纬的"编织"中展示人的活法，树的命运。

檀树下，是一幅幅众生图，虔诚祭祖、祭树的村民；无子欲生子、生子欲子贵的女人；奉了父母之命，吃檀籽的孩子，破除迷信、掘地挖根的公社干部和"红袖章"，还有据檀树为己有的六叔，和六叔一起毁掉檀树的地邻，神秘高深的四爷。如此众多人物，作者或细笔描绘，或粗线条勾勒，繁简相宜，浓淡有致，无不细致入微、穷形尽相。

"穷其形、尽其相"虽然不易，但"发其神、知其心"更加难得。这篇散文中，作者不事描摹，只是把笔力探伸到深处，既揭示大众文化心理，又展示个人独特心态，人多而不赘，个性特征十分明显。

行文张弛有度、摇曳多姿，叙述和描写互为映衬，刻意与随心相得益彰。"女人吃檀籽"一段用墨如泼，"四爷出镇术"一事惜墨如金。"全村人祭礼"场景庄严肃穆，"女人吃檀籽"场面诙谐活泼。或对比，或映衬，极具章法。

本文最让人震撼的是两代檀树的命运，老檀树在"现代迷信"中毙命，新檀树却死于几千年传承的封建迷信，这种讽刺意味的"闹剧"蕴含的"劣根性"或许是作者最想揭示的东西，也是最能引发我们深思的社会问题。

（贺新民）

听 夜

乡村的夜才是真正的夜！

没有街灯路灯的搅扰，没有歌厅舞厅的掺和，没有汽车灯光的忽悠，乡村的夜只有静静的黑。

最好不要有月亮，甚至连星星也不要有，既是黑夜就让它漆黑一团，就让它伸手不见五指，就让人全成了睁眼瞎。这样的黑才叫黑得痛快，这样的夜才叫真正的夜。

站在老家老屋的院畔，眼睛死死盯住对面静静的山峦，等待黑夜的到来。山峦在等待，河流在等待，树木在等待，院内坍塌了半堵的老墙也在等待。呼啦啦吹来一股晚风，是晚风吹落了夜幕，还是夜幕招来了晚风，天在风中黑了下来，风在黑中吹了起来。

细细地品味黑夜，黑夜神奇得难以名状，它轻轻地，不知不觉地在你脸上一抹，你的视觉就变成了听觉，听觉就成了视觉。黑夜的世界便在你耳朵里热闹起来，要看黑夜最好用耳朵来看。

晚上的风才是纯的风，里边没有了高音喇叭的官腔，没有了酒桌上行拳的酒令，没有了城管的呵斥和卖菜老爹的求饶，没有了正妻和小三的谩骂和厮打。没有了歌功颂德，没有了侮辱诋毁，憨夫睡着了，媚娘睡着了，高贵睡着了，权力睡着了，凶狠睡着了，善良睡着了，尔虞我诈睡着了。耳鼓膜告诉我晚上的风是那样的纯，那样的柔，只有站在这山村的院畔听风，才能真正感觉到什么是原汁原味的风。"呼悠悠"吹过来了，好！就是这风了，山寨版的，原生态的，人让这种风吹过后如同水洗过一样，只会觉得爽快和轻松。

听夜，其实在品夜，品夜最好闭上眼睛，你的眼睛即使睁得再大，模糊了的山，模糊了的沟，影影绰绰的树，渐渐地在你眼中消失了。它们在想什么，你无法明白。这时只有闭上眼睛，眼中的模糊影子便迅速地转移到你的大脑中来，顿时清晰起来，清晰得纹丝可见。这时你听到了自己的心跳声，跳得那样有力从容。你还听到水流声是那样的轻舒，哗啦啦啦，快而不急；树叶声是那样的明快，唰啦啦啦，杂而不乱。夜不着急，不毛糙，夜本来就是从容的、细腻的，像熟睡了的婴儿的呼吸。这时你会发现你和夜彻底地相容，夜是夜，你也是夜，你想什么，这山、这水、这树也在想什么。

夜用黑裹了山，遮了水，罩了树，什么都无法看见，却有一样看得最为清楚，那就是你自己，看到的不是你的容貌，而是你的灵魂，这时你突然发现，原来白天看到的自己是另一个你，晚上看到的你才是本真的你，品夜最好品自己，因为家乡纯纯的夜风让激情冷却，肝气平和，是认识自己的最好时刻。那一天，你给领导献过殷勤吗？你给下属瞪过眼珠吗？你想到过捡起钱包不还给失主自己悄悄给情人买条内裤吗？菜场上你和卖菜的大娘因为三分钱争得面红耳赤临走又顺手拿了人家的两根小葱吗？对面走来一漂亮的女人，你就想人家的白腿、肥臀、丰乳，装模作样走过去轻轻蹭人家一下吗？夜是一个黑色的过滤器，把崇高和卑劣，猥琐和坦荡过滤到两个人性的层面。这时你会为白天的那些自以为是心安理得而不安、羞愧、自责、悔恨。然后将自己白天的那些恶心不失体面地丢给黑夜。

硬要睁开眼看黑夜，你会发现你的眼睛不再是眼睛了，已经成了一块普通的肌肤。黑成了全身的感知，仿佛全身又都成了眼睛，夜的黑一尘不染，黑得干干净净。夜用黑填平了大地的沟沟洼洼，整个世界变得均匀、平坦、空旷、无垠。你才真正感觉到了世界的大，大得想都没法想了。

　　黑夜能给你许多明白，是白天给不了你的那种明白，譬如世界上假的东西太多，光明也有假的，假的光明刺眼也刺心，只有黑是真的，只有乡村的夜才是纯的，这真这纯洗涮着你，让你不敢做作，不敢掩饰，不敢装模作样，不敢道貌岸然，这时你会不由自主地把真的你纯的你展示给黑夜，把本真的人性全部释放出来，不用顾忌，雅也不会有喝彩，俗也不会有指责，于是痛痛快快骂几声街，过过骂的瘾，学几声猫叫，叫春的那种；秀几下犬吠，吠日的样子，然后便发出一阵童真的傻笑。隐隐约约觉得对面有一堵败墙，想起了儿时一群小伙伴站在墙下一字排开对墙撒尿，比谁能尿得翻过墙。于是便解带，便撒尿，没有翻过墙去，反而溅了自己一脚一腿，窃笑自己没有了小时候的力量，叹一声今非昔比，廉颇老矣。轻轻走几步，蹑手蹑脚爬在了老嫂家的窗台上，听一听里边有什么动静，老哥鼾声如雷，老嫂呼吸低匀，没戏！又笑当年的浪哥泼嫂到底年龄不饶人了。便有几分憾意，几分扫兴。突然觉得身后有什么动静，心想，这么晚了谁还来听门子，千万别是自己的晚辈，弯下腰一摸，是一只狗，狗没有叫，也在静静地听，好像它也知道这种事不能出声，我和狗谁也没有不好意思，便一起撤了下来。面对家乡的狗，突然觉得我应该送它点什么礼物，摸遍身上，没有什么可吃的东西，就想送它一段秧歌表演，双腿弯曲，屁股后翘，直腰，左右摆头来几下摔须的动作，咚锵，锵锵起……反串几声锣鼓，两手用力外甩，来几个撬船的动作，那狗轻轻"呜"了一声吓得跑了，狗跑了，我笑了，觉得自己有些疯了，疯得实在痛快。

　　回乡下听夜，我听到了真的夜，夜也听到了真的我，夜轻松，我也轻松，真正轻松到了骨子里。

　　别对黑夜有那么多的误会，那么多的贬责，如果能真心听听乡下的夜，你会惊叹天地造化的又一绝妙设计，你写出的一定会是另外一些文字。

赏析

一个散文家，首先要有敏锐的感知能力，要善于调动这种能力感知外界事物，感知自己的心脉。具备了这种感知，才可以产生写作的原始冲动。同时，散文家还要具备较高的思辨能力，从感知的东西中发掘一种内涵，只有你要写的东西和自己的思考碰撞出耀眼的火花，便有了文章的主题。

《听夜》的前半部分，作者调动嗅觉、听觉、视觉、触觉，把无形的难以触摸的黑夜，写得生动可感。那"痛快"的黑，那"呼悠悠"纯净的风，那在黑夜中模糊了的山沟，那轻舒的水，那黑夜中的狗，皆因作者敏锐的捕捉、细腻的描写而真切形象，这种表现手法与欧阳修的《秋声赋》、白居易的《琵琶行》、李清照的《武陵春·春晚》异曲同工。

《听夜》富含哲理，给人以启迪。"夜用黑填平了大地的沟沟洼洼，整个世界变得均匀、平坦、空旷、无垠"、"光明也有假，假的光明刺眼也刺心，只有黑是真的"，"我听到了真的夜，夜也听到了真的我"，每一句都给人以深刻的启迪。这些思考，既叩问心灵、发人深省，又升华了散文的意境。

哲理性散文是很难写的，要么落入空洞说教的窠臼，枯燥无味；要么陷入事与理、物与理割裂的泥淖，刀削斧砍。张金厚先生将黑夜与哲理有机地融为一体，浑然天成。应该是一篇难得一见的美文。

（贺新民）

槐子沟

这沟原来不叫沟，叫渠，叫有子渠，后来不叫渠了，叫成沟，变成了有子沟。

渠是小沟，沟是大渠。渠和沟的区别在于其规模的大小。至于这条渠什么时候长大了，变成了沟，孩子们是不管这些事的，只是偶尔听大人们说，是一位有文化的祖先改的，心想，这有文化的祖先也太无聊了，好好的渠不叫，偏要改成沟做甚。

不过，这有子沟好像在大人们心中有些特别，小时候每当我们这些小孩子出去玩耍，父母准要再三叮嘱：千万别去有子沟。

这无形中增加了这有子沟的神秘，小孩子有些怪，大人不让做的事还偏要去做。一次，我和几个胆子大的男孩偷偷溜进了有子沟，一看大失所望，两边的山不是很高，坡也不太陡，有少许零星的地块，也无人耕种，土质不是很好，东倒西歪地长着些杂草，偶见几棵山榆土槐，枝萎叶稀，显得无精打采，沟底很窄，没有河卵石，也没有水流，弯弯曲曲的沟面，只能容一个人通过。只有在下雨的时候，才流出一沟的混浊，心想这算什么沟，不就是一条渠吗？这祖先还有文化呢，连沟和渠也分不开。

几天后，一个好吹牛的小伙伴夸自己胆子大，竟说漏嘴，私闯有子沟的事败露了，少不了父母的一顿责骂，大人说，你就不怕满沟的小冤魂把你拉去，那沟里到半夜都有孩子的哭声。大人的严厉使我感到了事情的严重，大人的话让我想起那山坡上沟洼里散落的细嫩的白骨，头发根发紧，背心发凉。那几天，我心里虚虚的，晚上一闭眼就是那些小白骨，老想着，自己的魂是不是已经让那些小冤魂拉走了。

自此，便对这条沟产生了恐惧，便觉得这条沟实在是多余，一个活泼泼的童年时代，硬让这条沟搅得心神不宁。同时，我还发现，就连大人们路过沟口，也忙把头低下，不愿多瞅一眼。

以后，每当提起这条沟，我便生气，有时禁不住还要骂上几句。

爷爷说，别骂这沟，也别讨厌这沟，刘家圪垯有几代人，这沟里便有他们的几代子孙，它应该是刘家圪垯的村外村。

爷爷的话我有些不太懂，但奇怪的是，爷爷不讨厌这条沟，爷爷不讨厌的事我也不能讨厌，但心里总是有些恐惧。后来长大了才知道山区自古缺医少药，村里每年出生的孩子有近一半活不了，如遇灾年荒年或者瘟疫流行死去的孩子更多。按照当地风俗，不到十二岁的孩子死去并不掩埋，只是裹着一捆谷草放在野地，任由野兽吞食或自行腐烂，这有子沟便是全村人送放死去孩子的地方。爷爷说，这里有咱村历代人的子孙，历代人的兄弟姐妹，他们虽然过早地死去，但都是咱的亲人，大多数应该是活着的人的长辈，所以全村人都应该感谢这条沟，而不应该骂它。爷爷说这些话时脸色十分凝重。

爷爷的神情使我想起了弟弟死去的那天晚上，在全家的痛哭声中爷爷把弟弟裹在谷草中抱走，我想爷爷一定是把自己的小孙子送到这萧条的小沟里的那山坡上或者小渠里，又是如何一步三回头地离开他视为宝贝的小孙子的。那天晚上，爷爷回家后只是闷着抽烟，一句话都没有说。后来我和爷爷几次路过那条沟的沟口，爷爷便低着头匆匆离开，我知道这沟里已经存放着爷爷一辈子的悲伤。

对这条沟的更多了解，是我高中毕业后参加了乡镇组织的地名普查，才知道村里的每块地每条沟每个渠都是有名字的，有的还不止一个名字，而且每个名字都有一定的含义。比如村对面的一条山梁，在兵荒马乱年代过兵走马，人们便叫它走马梁，又因为只要有人马走过，村里的狗都朝那山梁吠叫，人们又叫它狗朝乍。至于这有子沟，明明是村里送放夭亡孩子的地方，又偏偏叫作有子沟，这显然是村里人的反话，表达了村里人一种心愿，这里明显带着人们对苍天的一种哀求。

同时我还发现，全村所有的地、沟、梁、渠在新中国成立前都有户主，特别是老年人，那块地是谁家的，后来又卖给谁家，就连卖地的原因是什么，都能说得一清二楚。唯独这有子沟没有户主，一直属于全村人共有。就是在新中国成立以后，五八年的大跃进，大炼钢铁，六〇年的全面开荒，以至后来的学大寨农田水利基本建设和植树造林运动，也没有谁去动过有子沟一锹一镢的土。改革开放分田到户，全村的所有田地都分了，连荒山荒坡都有主人了，而这有子沟还是没有户主。有子沟历来就是专门送放死婴的地方，有子沟不和活人打交道。据说，那位有文化的祖先应该是我的一位远房曾祖父，他一共生了九个孩子，就有七个夭折，也就是说这条沟里就放过曾祖父七个夭亡的孩子，每送到这里一个孩子，这条沟便存放下曾祖父的一份悲痛。一次曾祖父说，这小小的一条渠，怎么能容得下全村人几百年的悲伤和哀愁呢，就改叫沟吧，于是有子渠就变成了有子沟。

面对山里人千百年的命运，有文化的曾祖父也许只能做到这点，他老人家只有无奈地送给那些无数的冤魂一个"沟"字，让他们在这沟里"活"得宽畅些，明亮些。

几年前，我的一位远房侄儿动了赚钱的念头，要在有子沟修建养猪场，他请来工匠，燃起了鞭炮，惊动了村里的人，先来的是看热闹的孩子，接着是村里的妇女，最后是一群老年人，老年人脸绷得紧紧的，一个个义愤填膺，气冲冲把我的侄儿围在中间，大吵一通后，接着便大骂起来，骂侄儿伤天害礼，糟蹋亡灵，"把一个臭猪圈建在亲人的白骨上，你还是人吗？"老年人是真的动怒了。

远房侄儿有点莫名其妙，他不明白多少年谁都不理的一条沟会让老人们如此地动感情。无奈中，侄儿打消了修建猪场的计划。

镇住了侄儿，取消了修建，老年人高兴了。高兴过后，又觉得心里虚虚的，他们毕竟都老了，熬不过年轻人，他们死后，谁还会记得有子沟的历史，谁还会知道有子沟无数幼小的冤魂。"说不准以后还有人在那里建狗窝呢！"老年人心里放不下这条沟，放不下满沟的白骨，第一次真正感觉到这条沟在他们心中的分量。

在这些老人中，最热心的是六爷，六爷就是当年有文化的曾祖父的儿子。那些天，他每天要去有子沟，爬了所有的山坡，下过每一道沟渠，接着老年人都来，他们在商量着什么。商量的人如此慎重，个个脸色凝重，又好像有些为难，但老人们谁也不说。到了第二年春天，六爷卖掉了自己的棺木和父亲留给自己的玉石烟袋咀，买回了不少树苗，树苗是国槐，国槐极易成活，春季开着一串串白花，肃穆庄严，当地人称为孝花，是我们山区常常栽植在坟地的树木。六爷带着铁锹树苗来了，全村的老年人都来了，他们开始了默默的栽植。两年时间就栽满了有子沟，在老人们精心看护下，树苗像无数茁壮的孩子，一节一节往上长，满沟青翠的树叶，幽香的槐花引来了山鸟，引来了蜜蜂、蝴蝶，沉寂了几百年的"死沟"第一次有了勃勃的生命。

在六爷去世的前一年，他特意买回了一块大石头，立在沟口，镌刻着他亲自写的"槐子沟"三个大字，六爷说，"槐"就是"怀"，就是"怀念"。三个大字下面，刻的是我受六爷之托写的两句话。"不要忘记那无数短暂的生命，永远记住那痛苦悠长的年代"。

千年"死沟"这才真正融入了活泼泼的村庄。

赏 析

篇名《槐子沟》，但作者一起笔竟然说是有子渠，这沟原来不叫沟，叫渠，叫有子渠。后来不叫渠了，叫成沟，变成了有子沟。文章起笔就撇开题意，狠狠"甩"了出去，"散"了出去，这种"故纵"的手法，既是设置悬念，又是作者有意为自己的心路"挖"了一条渠，"渠成水到"文思便涓涓而来。

看看《槐子沟》行文的心路：最初是因为"渠"改"沟"形成的作者儿时的疑问，父母的禁令却把这种疑问变成了好奇，私闯槐子沟带来的对这沟的失望，满沟的白骨又让"我"害怕恐惧，由此对这条"死人沟"产生了厌恶和憎恨，这是一种儿童的心路。后来因为爷爷的教诲我对这条沟由害怕改变成敬畏。弟弟的夭亡则让我对这条沟产生了依恋。老人们的治沟护沟行为带给我的则是希望。这样，一条"心路"贯通全篇，因此完全可以说这篇文章是作者用心来写的。

槐子沟是一条装着一村人悲伤和无奈的"死人沟"，这条沟山里人的凄苦和挣扎填不满，作者的憎恨与依恋也填不满，这条静静地横在那里的"死人沟"是另一种形式的"万人坑"。作者用不动声色的叙述揭示了一种胜似"万人坑"的历史震撼。另外，这篇散文行文风格也很特别，如此震撼的事，作者却写得很稳、很静，甚至很冷，这种四平八稳的叙述看似波澜不惊，却更能掀起读者的心澜，好的散文大概就应该是这样。

（张永红）

酸 枣

　　酸枣不是枣，酸枣树也不是树，村里人一直这么认为。

　　如果你问"酸枣不是枣，那是什么？"他们会不容置疑地告诉你"是酸枣。"你就不用问了，酸枣树不是树，答案也一定是酸枣树了。

　　酸枣个头小，羊粪蛋那么大，圆得让人想到一个词：狡猾。吃过它，你才会知道什么叫贼酸。这种东西自然上不得桌面，打不得礼包，体面人一般不吃，即使口淡了，想刺激一下味觉，也绝不在体面的场合吃。用酸枣招待客人，那是万万不行的，因为这是对客人大大的不敬。

　　酸枣算不得枣，自然入不得果品的行列，山里的大部分植物除了学名都有当地人给起的另外一个名字，比如，山药又叫土豆，红薯也叫地瓜，这就和母亲生下孩子有学名，也有乳名一样，乳名更显得亲切，更赋予情感。酸枣则不然，翻遍植物大典，酸枣就叫酸枣，就像穷人家生了一大堆孩子，阿猫阿狗随便给个名字，有个叫的就行，没有谁有心思给它亲切地再起一个名字。

　　吃酸枣的，也只有两种人，一种是孩子，大家三五成群，拿几块石头，使劲砸向长在崖畔的酸枣树，红彤彤的酸枣便落了下来。孩子们争着去捡，男孩子吃酸枣不是一颗一颗地吃，那样不过瘾，捡满一把，塞进口里，使劲嚼着，酸得小脸皱成一团，嚼几口，没味了，就把酸枣核使劲吐出，散落一地，吃完了，屁股一拍走人。再也记不得酸枣的事，孩子们其实不是吃酸枣，是玩酸枣，在小孩们眼里酸枣也只是一种玩物。

还有就是怀了孕的女人，怀孕的女人口馋，爱吃酸，但又不会亲自去摘，一是酸枣大都长在崖畔上，挺着个大肚子够不着；二是一个大人去打酸枣怕人笑话，女人吃酸枣大多是偷偷的。她们用糖，瓜子这些小恩小惠收买个不太懂事的孩子（大多是男孩），让他们去摘，还再三叮咛不要声张，摘回来偷偷给她就行，我小时候，就几次被怀孕的大嫂收买。给她去打酸枣，大嫂收起酸枣，再赏我两块糖，就高兴得屁颠屁颠。由于大嫂的神秘，我便好奇，躲在暗处偷偷看大嫂吃酸枣，女人吃酸枣和男孩不一样，是一颗一颗地吃，大嫂把一颗酸枣夹在两个指头间，然后轻轻放在嘴里，不咀嚼，只是轻轻地吮吸，那一丝丝的酸味让大嫂的脸绽成一朵花，好看极了。

酸枣处境不好，酸枣树就更可怜了。长满森林的大山里你根本找不着一颗酸枣树，满山遍野茂密的灌木丛中你也不会见到它的影子。酸枣树很知趣，它不去肥沃的地里生长，不但村里的房前屋后它不敢去，就连路旁河边也远远躲开，它也不敢去侵占田地，它特意避开人的视野，悄悄地生长在山崖上。它在地畔下悄悄地抽枝，悄悄地吐叶，悄悄地开花，悄悄地结果。秋深了，酸枣熟透了，它不希望人们珍藏，也不企盼谁去采摘，一阵秋风吹过，静静地落在地上，零落成泥碾作尘。

酸枣树在崖头地畔下生长，我想这应该是一种聪明的选择，它怕人们的鄙视，不愿看冷眼，侵占田地它知道这简直等于自己找死，惹不起能躲得起，不招你事，不碍你眼，就找这样一个僻静的地方安家，你敢到这崖畔来动我，弄死我还是摔死你还真说不准死的是谁，酸枣树枝细叶小，看起来极不起眼，却长了满身的棘刺，一次一个胆大的小伙伴站在崖头摘酸枣，手指被刺出了几个孔，鲜血直流，这酸枣太软弱了，我想这长满枝头的棘刺一定是造物主赐给它的一种自卫的武器，上苍真是太公平了。

村头有一块不大的闲地，种什么都要遭猪、鸡侵害，那一年我突发奇想，就栽些酸枣树吧，一来酸枣树满身都是棘刺，猪、鸡也奈何它不得，二来谁家的媳妇怀孕了，想吃酸枣了，顺路过去，顺手摘来，既不用去求人，又省得害羞，也应该算是好事一件。

酸枣树刨回来了，栽进去了，也施肥了，也浇水了，作务也算勤快，盼望着抽枝发芽，开花结果，幻想有满枝头红彤彤的酸枣，想着大肚子的媳妇酸成花一样的脸儿，蛮开心的。十天过去了，半月过去了，酸枣树也不抽枝，也不吐叶。一个月后，枝儿干了，一折脆生生断了，酸枣树全死了。先骂这穷酸的东西不识抬举，反过来一想，这酸枣树穷是穷了些，弱是弱了些，不属于自己的领地不争，不是自己的福分不要，冷眼看惯了，实在担当不起这样的抬举。便选择了集体自杀，这应该叫一种骨气，心里不免生出一些敬意。

去年秋季，躲在老家修改《风行老山》的书稿。每天早晨喜欢爬爬坡，这是在城里养成的习惯。

无意中又走到了村西的那条坡上，这条坡儿时爬了多少回，是怎么爬的，已无法记清。这一次我画出了起步线，数着步子爬上去，又数着步子走下来，也许是年龄大了，喜欢这种"心里有数"的走法。那小坡的路面每一步都布满坑洼，坑洼的边缘长着牛筋藤之类的野草，连接老枝和新叶的是时光和岁月。而每一个坑洼都堆满了往事，只要停一停，就会被"过去"紧紧攥住。

我不敢有稍微的停顿，因为我知道前行的步伐最容易被太多的往事缠住，沉迷于往事又是我这个年龄的人最容易犯的毛病。

每天清晨，我照样数着步爬坡。数着步下坡，一天，我走到坡顶，不经意往前一看，突然发现前面满山崖的酸枣树，叶子也已经枯落，枝头的酸枣也是零零星星，唾液便奔涌，完全是望梅止渴的感觉。便想起当年在这崖头给大嫂打酸枣的情景，不知不觉竟走到了崖下，捡一块石片，用力扔了出去，枝头的酸枣滚落下来，我没有像小时候那样捡一把塞进嘴里，而是学着当年的大嫂，捡起一颗，吹吹尘土，放在口里慢慢吮吸，酸枣的皮儿破了，那尖尖的酸便在口里跳跃，就像顽皮的童年，浑身都是精神。

多年在外奔波，家乡的一切已经忘得差不多了，儿时的顽劣，儿时的好奇，都被从外面世界涌入山村的许多新鲜遮得严严实实，没有什么能勾起我对过去的回忆。就是这没有变的山崖，没有变的酸枣，没有变的尖尖的酸，让我重新咀嚼到了童年的味道，我仿佛觉得这红红的、薄薄的酸枣皮里打包的都是从前的时光。

打那之后，我仿佛觉得我的散步并不是为了锻炼，而是为了那些酸枣。坡底的起步线也不画了，爬坡也不数数了，每次都径直走到山崖下，扔一块石头，捡一颗酸枣，放在口里轻轻吮吸。一日，石头用大了，用力猛了，酸枣竟落了许多，一口气捡了满满一把，像小时候那样塞进嘴里，用力咀嚼，用力吮吸，酸得我龇牙咧嘴、手舞足蹈，真想像儿时那样躺在草地上一边狂笑、一边打滚。

又是一天，我走到山崖下，刚刚捡起一块石头，准备扔出去，突然发现一条晃动的酸枣树枝上爬有一只狸鼠，狸鼠和我一样也是为酸枣而来，它发现了我。看我一眼，很不情愿地从枝头下来，在树的根头窜来窜去，我不愿和它相争，轻轻把石头放下，狸鼠好像读懂了我的友好，又小心翼翼地爬上了枝头，熟练地采食着酸枣。我想这山崖就是一个大餐桌，酸枣就是餐桌上的菜肴，我和狸鼠都是这餐桌上的食客，而我的吃法并没有狸鼠文雅，吃相也没有它好看。

时间久了，我们熟悉了，便形成了一种默契，只要它在，我绝不去捡石头，只是看着它吃。有时我去早了，它还没来，我便打几颗解解馋，这样一直持续到酸枣的彻底消失。然而，我还是每天都要来看看这几颗酸枣树，其实，仔细看来，酸枣树虽小，并不萎靡，枝条是那样的直挺有力，棘刺是那样的尖锐锋利，不管谁喜欢不喜欢，它一直保持着自己从前的味道，这味道禁不住让我检讨起自己，现在我的身上究竟还有多少原本的自己。

书稿修改完，已是深秋，我要走了，我想最后一次去山崖，看看酸枣树，也看看狸鼠。

狸鼠又来了，这里没有了可食的酸枣，它静静地趴卧在枝头，守候着什么，从神情中可以看出，它有些寂寞。

我有些依恋，想对它笑笑，又没有笑出，我只想把这份亲切放在心里。

"我要走了，你不走吗？"

它好像听懂了，又好像没有听懂，它看我转身，离去，它却没有离开。

也许狸鼠在想，这人为什么要走，为什么会轻轻地把这份留恋丢下，人为什么告别一件事就那么的轻而易举，难道在人的生命中就有一种某时非走不可的规定，它一定觉得这种规定不可思议，便以它自己的方式守候着这份留恋。

赏 析

这是一篇咏物的短文。作者咏写的是"不是枣、不是树"的"酸枣"、"酸枣树"。短短一篇散文，写得有味，有趣，酸枣长相不佳，上不得台面，只是食用者的玩物。然而"酸枣树"却是一种颇有骨气的物种，不争，不贪，低调，本分。"不是自己的领地不争"，"不是自己的福分不要"，最后选择"集体自杀"，颇有君子风度。

在作者笔下，这不起眼的酸枣是儿时的回忆，是童年的味道，特别是对不同人物吃酸枣的描写非常传神，大嫂是"两指夹着"，放在嘴里，不咬，"只是轻轻吮吸"却"酸"出了一脸的美丽。"我"是抓一把，塞在嘴里，使劲嚼，酸得脸皱成一团，满地打滚。文中荡漾着满满的生活情趣。

最传神的还是作者和酸枣树上一只狸鼠的对视的情景，这个细节让我们看见的老张，他是一个有情有义的人，也是一个老顽童。做散文的人，大约都需要这份童心和天真，才会达到"以我欢物，物皆着我之色彩"，"以物欢物，故不知何者为我，何者为物"的境界。

（刘卫华）

刘卫华，女，1973年生，1997年毕业于山西大学师范学院汉语言文学专业，中阳县第一中学高级教师，获省骨干教师称号。中阳县诗词协会秘书长。喜欢读书写作，有诗、散文在《中阳文苑》发表。

故乡不是风景画

没有一个人是把故乡当作风景来看的，故乡其实是一种生聚死散的动态过程。这个过程连起来的是一串串日子，留下的却是一个个难解的心结。

没有离开故乡的时候，我觉得故乡淡得像一碗水，"故乡"这两个字像奶奶的那只粗瓷大碗，碗里装着的是白水蓄起的寡淡，盛着的是稀饭熬成的日子。几十年后每当我走在回乡的路上，眼前出现的总是奶奶的那只粗瓷大碗。

故乡的路永远是颠簸的，公共汽车沉重的轮胎吃力地把尘土摔在了不太清朗的空中，接着又残酷地把静静的河水压碎，撕裂，抛出，车外并不美丽，前排座位上坐的是两位和我口音相同的女人，衣着款式入时，只是布料质量太差，穿出了许多的皱皱巴巴，一眼就可以看出她们的想时髦又力不从心。头发烫过，但时间有些久了，虽然经过精心梳理，但总让人产生戴一头假发的感觉，车行至邻村村口，她们要下车了，借着女人转身的机会，看到了她们的脸，赭红，粗糙，有皱纹，但抹着一层不太均匀的粉，化过妆，技术有些差劲，口红涂得太重，弄得那口很像特意安装上的。没有看到粉嫩，更没有看到高脚酒杯腿般的长脖，令我有些失望。

女人走了，失望也没有久留，便接着想，她们是留守女人，特意打扮一番，把自己的时髦送给长期在城里打工的丈夫的，还是随工家属回乡来夸耀自己身上已经满是城里人的味了。左右想了几次，无法得出结论，也就结束了这无聊的猜测，便想起了贺知章写故乡的诗句："唯有门前镜湖水，春风不改旧时波。"贺知章的诗写得固然好，但他也是个没有远见的人，他不曾想到粗糙的脸上会涂抹不太均匀的粉儿，这样说来没远见的诗人又何止贺知章一个，何必去责备古人。现在的故乡和他乡，都是脸上抹粉的地方，中山装质量再好，也不会有人再穿，我的故乡山丑沟横，鸡零狗碎，不长一点文学，从今到古也没有哪位文人不慎失脚，一不小心来过这里，也弄不清这是一种遗憾还是一种幸运。

我有些讨厌自己头脑中的这种喋喋不休，觉得自己有些像一个不安分守己的女人，五十多岁的人了，没有一点随遇而安的成熟，钻进尘土时把灵魂放下，钻出尘土时又把灵魂捡起，永远不会看清世界理清时事。譬如家乡这条村道去年才变成水泥路，不到一年的时间，就凭剩下的几十双老年人的老脚和儿童的脚丫，就踩得路面全部破损，走在上面硌得脚生疼。村里的老屋无人居住，还呆呆地立在山坡上和山洼里，表现出的是安逸还是无奈。不知道是特意安排还是凑巧，新建的平房全部拥列在这条烂水泥路的两边，好像这山村也开天辟地的有了一条街。在我的印象中，街这东西应该是城里的摆设，与农村搭不上界，尽管这还远算不得街，总算有了这么个东西，人们便硬叫它街了，好像这样叫了，他们也成了村里的城市人了。

这次回乡并没有什么大事，目的好像还有些说不出口，说不出口的事往往与口有关，与文学无关，根本没有要写散文的感觉。

我要找的是一个叫"三"的儿时好友，他家弟兄多，他排行老三，尽管他后来还有两个名字，但大家都不叫，只叫他三。三和我穿开裆裤时一起玩耍，缝上了裆便一起上学，其实我和三谈不上世代相好，甚至还应该是仇家，他爹是有霸气的村支书，我爷爷是有脾气的庄稼人，俩人的官司打到县里，打到省里，还打到北京，但丝毫没有影响我和三的关系。三念书笨得要命，最多也只能考十几分，用他爹的话说我给他当老师也有长余。三脑子笨嘴更笨，大部分汉字的读音咬不准，现在都五十多岁的人了，还把"三"念成"参"，把"四"念成"系"。由于留级多，晚我两年才凭推荐上了高中。高中毕业后，我当了民办教师，他不行，因为教师不要念不准三和四的人，那时除了当民办教师，再唯一的出路就是当兵，三也有过这种想法，但解放军更不要念不准三和四的人，这样兵自然也没当成，就死心塌地地当了农民。三说，我就不信这地里的庄稼和院里的鸡狗也会嫌我念不准三和四。

因为这次回故乡没有一个放得台面上的理由，正发愁如果三问起来我如何回答他，撒谎一辈子都不在行，直至敲响了三家的大门，回村的理由还没有编造出来。

门是铁的，捣几下声音怪大，但没动静，趁这段时间编个说得出口的理由，这理由最好既不失大雅，又能和我的目的挂起钩来，但这时的脑子特别不好使，老走神。想，这三一点不笨，不去挤那做不得生意吸灰尘方便的"小街"，在村西修了这么大的一院平房，天堂一般的地方，过着神仙一般的日子，又想，村子里像我这样能把三和四说清的高中以上的毕业生都去城里挤水泥格子了，这说不清三和四的三便成了这村里最有文化的人，倒做起了这不大不小的庄主。

三来开门了，在家乡像我们这种关系没有握手的习惯，互相笑一笑算是什么都有了。三很瘦，头发密而稠，盖住了本来不大的耳朵，也不梳理，也许正应了那句马瘦毛长的老话。外套也算西服，显得宽大松垮，极不合身。我的肥胖高大对他并没有杀伤力，而他的瘦弱倒叫我肥大得有些不好意思。

他也好像知道我这趟回来并没有什么大事，也没过问，只是朝屋里喊一声：做饭，金厚回来了。屋里传来他老婆的回话：是山药翻擦擦,还是白面拉水花。"问甚!都做。"声音极高,口气严厉,与他瘦小的身体极不相称。我真羡慕他在老婆面前的威风,换了我,借我一百个胆也不敢。

不怕你笑话,这次回来还真是为了吃这两样东西,一路寻思不好开口的话就让他给轻轻化解掉了,省去了我的好多为难。

三的院子四周是通道,水泥硬化的,坚坚实实,没有一点破损,中间是一个硕大的园子,种植着各种蔬菜、花卉,还有几棵果树,园子里生长着植物,通道里活跃着家禽家畜,谁也不干涉谁。细细看来,整个院子里除了三一个长得瘦弱外,其余的都是肥胖型的,园子并未扎篱笆,架上的豆角长长的拖到地面,鼓鼓的,全是饱满的感觉,肉墩墩的老母鸡带着几只粉嘟嘟的小鸡练习走步,对那些豆角视而不见,几只下蛋的老母鸡由于过于肥胖,走路摇摇摆摆,让我马上想到一堆堆的肥肉,搁到桌子上的盘子里一定又肥又嫩,这个念头一闪过,马上觉得自己有些犯贱,太没出息,看到长肉的就想到肉香,世界上像我这样没出息的人太多,爱喝酒的看到酒瓶子也流口水,爱女人的恨不得自己的两只眼变成透视眼,视力能穿过女人的衣服。三每天看到这些满身肥肉的鸡想的是什么,肯定不是肉香,也不是那不顾一切的死吃,要不就凭他这满院的肉鸡,他肯定要比我胖得多,我看看瘦瘦的三,突然觉得世界上长得瘦的人要比长得肥胖的人心里要纯洁得多,高尚得多。

也许是因为三不惦着那满院的"肥肉",那群"肥肉"对三显得特别的亲热,三走到哪里,那群鸡便跟到哪里,叽叽咕咕的好像与三有说不完的话,三坐下和我喝水,门道那只肥肥的狗一溜烟跑了过来,干脆卧到了三的两腿间,显得非常的惬意,硕大的黑猫看了看狗,显然有些醋意,动了动身子,便又蹲了下来,懒得和这狗来争宠,那小一点的白猫,在我和三中间穿来穿去,走着模特步,好像在炫耀它优美的体形。

我问：这猫是母的？

三说：是的，还没下崽。

我问：叫过春吗？

三说：不在时令，应该在二、八月。

这些畜生对三的那份依恋，那份信赖，那种情感我都能感觉出来，也着实让我羡慕。它们也偶尔看我一眼，但马上就把头转了过去，那眼神也冷冷的，还有几分警惕，我心里想，是不是我刚才那歹毒的想法让它们看了出来，如果是这样，我还真没脸赖在这里吃什么饭。

开饭了，三的老婆先端来的是一大碗山药翻擦擦和一小碗醋调佐料。红着脸笑笑，说：吃吧。三老婆一直对我很好，也知道我爱吃山药翻擦擦和白面拉水花，其原因很可能是感激当初我对他俩婚事的决定性作用。三十年前的一个晚上，三急匆匆来找我，说有人给他介绍了对象，女的有点丑，他有点拿不定主意，要我给他参谋参谋，我说再丑的女人还能比你也丑。他说，说得也是。他又说，这女人脸有些红，恐怕那方面的要求太强烈。我说，看你那两道浓眉，你也不是什么省油的灯。他笑笑说，说得也是。这样这婚就定了。后来，我逗三的女人，问，你就不嫌他连个三和四也说不清，她说，现在的人活得缺滋少味，我正能常常拿这开他的玩笑。几年后的一天，她说有事求我，问我能不能帮三在县残联办个残疾证，我说三不缺胳膊短腿，不是残疾人怎么办。她说三连个三和四也说不清，还不算残疾。我笑着说，不行，那不够格。她说，看来这残疾人的标准还挺高的，不行就算了吧，为这个弄断一条胳膊一条腿也划不来。情人眼里出西施，眼对了，连说不真三和四也成了优点，这也许就是他俩的全部爱情。

我和三边吃边聊，从村西聊到村东，挨门逐户，一家不落。聊得叫人心里慌慌的，打从我记事起至现在，全村有一半人死了，嫁出去的闺女与娶回来的媳妇基本相当，生下的孩子和死了的人数量也基本相同，村里的总人口一直没突破五百。现在还有三百多口人在外打工，上学。三说，这村里剩下的几十口人，是老的拉不开弓，小的射不出箭，就数我这院子里还热闹些，我也是快六十岁的人了，谁知还能热闹几天。三说这话时，眼睛没看着我，一直盯着院子里不会为这些事操心的鸡和狗们。

三充满了忧虑，满院的鸡和狗们不知是短见还是豁达，对主人的话不以为然，只是我最没出息，担心再过些年村里还会不会有这么一个院子供我歇息，还能不能吃上这地道的家乡饭。

吃着饭，闲扯；吃完饭，还是闲扯。扯了些什么，现在记不清了，只记得突然间有了不急于回城的念头，继续用闲扯消磨到天黑，好给自己住下找个理由。

八点了，三打起了哈欠，一个接着一个，我知道三有早睡的习惯，便说，睡吧，三也没客气，上床，脱衣。而且是裸脱，连裤衩背心全部脱掉，一丝不挂地把自己交给了那盘炕，头一挨枕头，便是呼噜声，实在令人羡慕得不行。

我被安排在隔壁屋里的一张床上，没电视，也没书看，想，就早点睡吧，也想学三来一个裸脱（其实小时候我们都是这样睡的）。没想到脱衣服时无意中还是把裤衩和背心留了下来（也不知道什么时候改成这习惯的）。不到十二点，即便睡下，也是白搭，我感叹没有三的福气，想我和三究竟有什么不同，最早的不同应该是我能说清三和四，他说不清。后来我兴奋地进城，成了水泥钢筋格子里的奴隶，他无奈地留村，成了这庄园中各种生命的领袖（事实是我这奴隶一直是他这位领袖羡慕的对象）。他肆无忌惮地裸睡，毫不保留地把自己交给了大自然，我却非要用这两块遮羞布把自己与大自然隔开，弄得自己常常紧张，烦恼，数星星数绵羊数头发也难以入睡。他的豁达悠然，无忧无虑，倒头便睡何尝不是一种幸福。这时隔壁屋里传来了他通畅的呼噜声，我突然觉得他睡着比我醒着还要幸福。

于是我在朦胧间想起了这么几句，也不知算不算诗：我为什么要逃离故乡／因为他乡比故乡好／我为什么要留恋故乡／因为故乡比他乡好／我为什么要他乡的好而舍弃故乡的好／因为我也不知道为什么。绕口令似的，算什么屁诗。诗作不成了，觉也睡不成了，我不知道是唱一首李谷一的《难忘今宵》，还是周冰倩的《今夜无眠》。

吃家乡饭的目的已达到，我本应该早点打道回府，不知道中了什么邪，第二天起来，我还是有些不想走。不走，三又得管一顿饭，我得再找个合适的理由，使我在他家锅头端饭时不至于不好意思。上坟？不行。我们乡下不逢时过节是不上坟的。别的理由也实在想不起来。只好对三说，我想回家看看老屋。三说，好的，应该。三说这话时没有表情，我便想起了昨天他们家的鸡对我的态度，心里惴惴的，担心一定是三看出了我的心理，他应该比鸡们聪明得多。

老屋的大门围墙大部分坍塌，那还算什么院子，当年布满我脚印的大院长满了杂草，有半人多高。杂草们洋洋自得，好像这院子是它们的，与我无关。我想，房产证土地证都在老子手里，你们这些杂毛野草有什么牛的。我硬着头皮往里走，草们没有一丝退让的意思，还摇摇曳曳地挡着我，好像说，你那土地证管屁用，我的根都扎在这里了，你呢！

冲破了野草的围堵，好容易到了门前，突然发现自己并没有带门上的钥匙，不禁有些沮丧，好在是我生活了二十多年的家，老屋的一切我太熟悉了，我轻轻地把右门往起抬了一下，门扇便摘了下来，我便以这样的方式回到了我生活了二十多年离开了三十多年的家。

老屋的陈旧是在相思中的，但老屋的破烂让我有些伤心，屋顶上的老砖日久分化，出现了许多坑洞，有大厦将倾的感觉，奶奶用了一辈子的那只粗瓷大碗变成了碎片，奶奶活着时常说，人的日子就在碗里，这些碎片再一次告诉我奶奶的日子已经过完，奶奶已经死了。那只曾为我们全家熬"日子"的大铁锅爬了一层厚厚的黄锈，几只老鼠嬉闹出入，成了他们铁打的营盘，那盘爷爷、爸爸、我和我的儿女几辈人出生的土炕，成了知名和不知名的昆虫繁衍后代的温床。满屋厚厚的尘土竭力阻挡着我对往事的回忆，我便想起了我对老屋的逃离。

这一逃离是在爷爷的搀扶下进行的，爷爷对我说，好男儿四海为家，我便决心把家安在四海，爷爷拄着拐杖喘着粗气为我熬挣着逃离的"路费"，我便用这些血汗钱为自己铺设台阶，在我师范即将毕业的时刻，爷爷终于在护送我逃离的路上艰辛死去，然而在我离开老屋的那一刻，我好像完成了一种解脱，觉得自己是一个胜利者。

多少年来，我把家从这老屋中剥离出来，安放在一个与我无关的他乡，一个穿着西装的农民的儿子和几代穿着中式棉袄的祖宗在这里分离。老屋里，煤油灯下的光芒昏暗，老影逐渐消失，我没有意识到我逃离着的老屋正是祖宗眷恋过的家，我心里的那几句充满激情的歪诗，正是这老屋的祭文，村人没有注意到，留在老屋里的是一个身穿中式汉服的农民，爬入汽车的是一个扔掉锄头和扁担的游子。在营造这个异乡新家的兴奋中老屋被我渐渐淡忘，此后我没对它进行过任何的维护和修缮，它的衰老便从我逃离那一天真正开始。

老屋的破败突然让我想到它将来的倒塌，想到它的消失，心里便有些虚，有些痛，有些怅然若失，有些恋恋不舍。老屋是我在家乡唯一的一点祖产，也只有它的存在才能说明我还是这个村的人，这些年来，老屋在破败中默默地向一茬一茬的村里人讲述着这一点，使他们没有将我遗忘。再看一眼老屋，我便是满心的亏欠，过去我常对人说，这老屋是我的，今天我才明白，我真正应该告诉人的是：我是这老屋的。

  我决计要走了，我没有向三去告别，我也再没心境吃他老婆做的山药翻擦擦了，但这绝不是逃离，我会再回来的，我想，到那时我将一定会有一个堂堂皇皇说得出口的理由……

赏析

  在很多人眼里，故乡是乡思乡愁，也是风景，然而这里作者说：故乡不是风景画。

  这是作者的一种独特的感觉：颠簸的山路，浓妆艳抹的回乡女人，不搭调的小街，念不准、说不清三和四的儿时好友，破败的老屋……然而，绝不仅仅是这些，还有：碎掉的奶奶的粗瓷大碗，老去的儿时好友三，美味的山药翻擦擦、白面拉水花……仅有的这一切似乎又将要失去，作者哪还有把故乡当风景欣赏的心情。

  人常常会感怀身后远远的一片热土，因为那里有他的过去，而时光总是把过去的日子冲刷得熠熠生辉，引人回望。由于城市化进程驱使，坚守故乡却已很难，然而回望故乡却是每个游子的言不由衷。

  从文中那首逃离故乡的小诗，我们理理全文的情感脉络：逃离故乡——留恋故乡——回归故乡——离开故乡——再回故乡。因此，对故乡的爱，便是贯穿全文的"神"。虽人之"形"散，但心之"神"聚。这种爱有失望、嫌弃、忧虑、担心，也正是作者对故乡爱得深沉之处。在这一片颓废中，作者还是在努力寻找一种美好：好友三院子里的鲜嫩果蔬，活泼的小狗小猫小鸡，还有至今保持裸睡的好友，这一切构成颓废的故乡中的一抹亮丽，这应该是作者对故乡美好的期许，也应该是作者心中企求的故乡"风景"。

（刘卫华）

那一张债单

多少次写爷爷都刻意回避了这张债单，因为我知道这张债单是爷爷一生的心结，也是爷爷一生的痛点，甚至是爷爷一生的屈辱。不但爷爷认为他一生就不应该有这样一张债单，连我也未曾想到爷爷还会保存着这么一张令人心碎的债单。

爷爷虽然是一个标准的中国农民，但也是一个特别的男人。这种感觉绝不是因为爷爷把我从小抚养大而产生的特殊崇拜，事实上在我们村方圆几十里，爷爷简直是所有男人的偶像。

小时候爷爷读过几年冬学，在村里已经是少有的文化人了。所以在爷爷的身上常常表现出一种内敛深沉。加上爷爷不苟言笑及沉稳干练的处事风格，在村里是一个极有威望的人。村里村外只要有婚丧嫁娶，或者发生打架斗殴之类的事，都要请爷爷去评判解决，而且只要爷爷一出面，一发话，还真没有解决不了的事。在我的印象中，只有别人求爷爷的份，却从来没见爷爷求过别人。

爷爷是一个意志如钢的人，我六岁那年，三十三岁的父亲突然因病去世，全家人及亲朋好友哭得天昏地暗，唯独爷爷像一尊雕像，坐在炕上只是抽烟，脸上没有一点表情。在为父亲办理丧事的三天中，爷爷很少吃饭，很少睡觉，只是不停地抽烟，有时烟锅里的烟丝残了，火也灭了，爷爷也不去点，还是浑然不觉地抽着，但我没有见爷爷掉过一点眼泪。记得在埋了父亲的那天晚上，少心没肺的我睡得正香，昏昏沉沉间听到爷爷在被子里发出了压抑的呜咽声，像将要决堤的洪水在哀鸣，爷爷在他的被子里瑟瑟发抖，偶尔还能听到奶奶的哀劝。在被中的我被吓得六神无主，不知不觉地动了一下，这时爷爷的呜咽声一下子没有了，爷爷静静地躺着一动不动，屋子里恢复了寂静。第二天我问爷爷，爷爷说，那是我做了噩梦。那时的我竟傻乎乎地信了。

我家那两年的遭遇，就是现在回想起来，也不得不相信人的宿命。就在那年冬天的一个风雪交加的夜晚，我正要与爷爷奶奶睡觉，隔壁屋里突然传来母亲和妹妹撕心裂肺的嚎声。我们连忙赶过去时，母亲正抱着刚满两周岁的弟弟号啕大哭，爷爷接过弟弟一看，弟弟已经断气，吓得我和奶奶也大哭起来。爷爷也没劝阻我们便走了出去。不一会便抱着一捆谷草回来，慢慢地把死去的弟弟裹了起来，轻轻地抱起一转身走了。待我和妈妈哭喊着追了出去的时候，漆黑的夜晚已经不见了爷爷的身影。大约有一个小时，爷爷才拖着沉重的步子回来。我不敢想象爷爷是怎样痛彻心扉地把自己的小孙子送出去，放在哪个山头或山洼里，（我们这儿有不满十二岁的孩子夭亡后不掩埋的风俗，只是包在谷草里放于野外即可）又一步三回头地离开自己的小孙子的。一年两度白发人送黑发人，爷爷的心岂止是在滴血。我们还没有从父亲死的悲痛中解脱出来，弟弟又离开了我们。那天晚上，我们谁也没有离开母亲的房间，女人们只是不停地哭泣，爷爷却紧紧地把我抱在怀里，不停地抽烟。

那一年的每一天，我们一家人几乎是在悲痛和泪水中度过的。好不容易熬到了第二年的冬天，母亲带着妹妹改嫁了。母亲走的那天，全村人都去送行，唯独爷爷没有去。爷爷只是坐在炕上抽烟。我送走母亲回来后，便扑在了爷爷的怀里大哭起来，爷爷用颤抖的手轻轻地拍着我的背，哄我睡觉。待爷爷把我放在他的枕头上时，只觉得枕头湿漉漉的，当时我也没有当回事，只是在我长大后回忆起来，才觉得那枕头上一定是爷爷的泪水。爷爷一定是等我们出去后独自大哭了一场，只是爷爷不愿让我们看到他的眼泪、他的哭泣。

过分的悲痛、过分的压抑终于击倒了坚强的爷爷，爷爷的两条腿失去知觉动弹不得，爷爷瘫在了床上。

那年我刚刚步入虚八岁的年龄，每天要挑着两个小篮子去刨玉米茬，以供家里烧火做饭。我也不问是谁家的地，只要碰到玉米茬就使劲地刨，村里人可怜我，刨谁家的也不阻挡，遇上好心人，还会帮助我。满了两筐，我就摇摇晃晃担回家去。后来根据医生的指导，每天还要挑着篮子和奶奶去剥桑树皮。医生说，桑树皮能治好爷爷的病。剥回桑树皮，先放在砂锅上烘干，然后放在铁盆里，用火点着，我们把爷爷的两条腿用布包得厚厚的，放在铁盆上方烤火。每次烤火时，爷爷双眼紧闭，用牙齿咬着下嘴唇，脸上的肌肉绷得紧紧的。不一会儿，爷爷浑身出汗，脸上的汗水不断往下淌，但爷爷从来没有掉一点眼泪，甚至没有呻吟过一声。我看着爷爷难受，连忙爬到爷爷身边，拿毛巾给爷爷擦汗，并用我的一只小手紧紧抓住爷爷的手，我也不知道，自己是为了安慰爷爷，还是为给爷爷使劲。爷爷的意志，感动了医生，也感动了村里人。那时常常听村里人议论，说爷爷真够一个男子汉，说话的和听话的都对爷爷表现出由衷的钦佩。

就这样，足足熬了两个月，爷爷的腿才有了知觉，三个月后在爷爷的再三坚持下，终于能下地走动了，这样在桑柴火中煎熬了小半年的爷爷，又奇迹般地出现在村里，出现在地头，只是从此爷爷的手里多了一根拐杖。他后来还给生产队喂牛、种菜，以此来维持全家的生计，还要供我上学。

在发生了这样大的几次变故后，我家欠了一些债，不过这些债大部分是亲戚朋友自动拿来的，也有少量是在实在没办法时，奶奶瞒着爷爷借的。爷爷病好后，知道了这件事，也没有责备奶奶，但硬是把家里仅有的一副银锁（首饰）拿出去卖了，把债还了。爷爷说欠债是最不光彩的事，在爷爷看来，欠债很丢人，是一种自我贬低，甚至是一种耻辱。

爷爷把供我上学的事，看得比天还大，我常常听村里人说，爷爷有这样两句名言，一句是"就是把我再累得瘫在床上，也要供我孙子上学"；另外一句虽然是玩笑话，但爷爷却说得极其真诚，爷爷常跟人说，谁给我孙子一万块钱，谁就可以把我的头割下，保证不用坐大牢。虽然是一句玩笑话，但在村里却流传很广，使不少人为之感动。爷爷可以不惜卖自己的头颅供我上学，但爷爷却从来没有说因此要去借债，我实在不敢想象，就是这样把面子看得比生命还重的爷爷怎么会低三下四地问人去借钱，而且还一直默默地保存着这样一张债单。

爷爷从来没有跟我提过债务的事。那年我大学毕业，在一所中学任教，第一个月领工资时，我没有让学校扣除伙食费，把全月的工资如数交给了爷爷。四十七元，对我们家来说的确是一个不小的数字，爷爷拿着钱表现出了少有的激动。晚上，祖孙俩睡在土炕上，规划起了家庭建设的宏伟蓝图。爷爷说，你奶奶养上两头猪，我再放上两只羊，又有你的工资，过两年就可以给你娶媳妇了，再过两年咱就批块地基，为你修上几孔窑洞。那一夜祖孙俩谈了很久，话语中我感觉到了爷爷的兴奋。

人常说，人将要死的时候，在不知不觉中准要流露出一些迹象，现在回想起来，第二天爷爷说的话里确有许多遗言的味道。天一亮我就和爷爷去种山药，我刨坑爷爷点籽，爷爷边点边告诉我，山药种下后几天可以发苗，多少时锄第一次，多少时锄第二次，什么时候可以收割，并嘱咐我一定要记住，不得误了农时。第三天，假期已满，当我要走的时候，爷爷表现出了少有的留恋，问我是否可以再住一两天，爷爷是个十分明白的人，话刚出口，自己便觉得不妥，便坚决地表示让我走，并嘱咐我不要误了学生的课，要好好地工作，庄稼人供一个孩子上学不容易。这一天，爷爷打破了平常在北山上放羊的惯例，拉着他的小羊陪我一起向南山走去。走到半山坡，祖孙俩又坐下拉起了家常，眼看时间不早了，我还要赶五十里地的山路，爷爷便催我上路。我站起来要走，爷爷站起来以目送我，昏花的眼里好像有什么东西在滚动，只是慢慢地挥动着他颤抖的手，让我快走。我不敢再看爷爷，便转身走了。

那一天，我们说了很多的话，爷爷始终没有提到欠债的事。在我回到学校的第二天下午，突然接到电话，说爷爷病危，要我立即回去。我什么东西都没有带，五十里山路几乎是跑回去的。待我回到院子里时，我家的门窗全部打开，乡亲们在院里忙碌着。我一看大事不好，两步窜进屋里，这时只见爷爷静静地躺在冰凉的炕上，脸上覆盖着一张麻纸。我不顾众人的劝阻掀开麻纸，抱着爷爷号啕大哭，哭得震天撼地！那天晚上，我坚决地送走所有的人，独自一个把爷爷的尸体抱在怀里，我没有再哭出声来，看着爷爷灰暗的脸，独自流着眼泪陪伴了爷爷最后一个夜晚。

在安葬了爷爷的最后一个晚上，奶奶抖抖索索地拿出了一张债单，慎重地交给了我，说是爷爷临死前要她转给我的。我仔细一看是爷爷隽秀的字迹，上边清清楚楚地写着欠别人的项目：有钱、有布票、有花证、有粮食，还有几支青霉素针剂。其中几项爷爷已用红笔划掉，标着归还的日期。我接过这张债单，好像接过了一份责任，一份委托，也好像接过爷爷的一份遗憾、一份委屈。我刚刚干了的眼泪又禁不住流了出来，我绝不是为了那点儿钱，而是突然想到一身刚气的爷爷要俯下身子向别人借债，爷爷的内心世界要承受怎样的煎熬与屈辱。

此后，我便把娶媳妇、盖房子之类的事严密地封存起来。在每月领到工资后，除去我和奶奶的生活开支，便把剩余的部分全部用于还债。而在还债的过程中，我又知道了两件令人心碎的故事。

一天我拿着二十元钱，去找我小学时的王老师。说明来意后，我便把钱递给了王老师。王老师好歹不收，并说我爷爷根本不欠他的钱，在我拿出债单后，王老师便不得不说出爷爷当初借钱的事。那是一个晚上，爷爷去找王老师，他们虽然是极好的朋友，但爷爷根本不谈借钱的事，只是没完没了地说着闲话。这种情况在爷爷身上很少发生，王老师感到爷爷莫名其妙，猜想爷爷一定有事。在王老师的再三追问下，爷爷才说了"金厚考上学校，实在走不起"的话，说这话时，爷爷一直低着头，躲避着王老师的眼睛，好像这是一件十分不光彩的事。待王老师递给他钱时，爷爷也没有抬头，说完谢谢的话后，并再三嘱咐王老师不要将这件事告诉我，王老师讲完后脸上已经挂满了泪花。我向王老师恭恭敬敬地鞠了一躬，放下钱，借口有事，慌忙走了。

在我给村里赤脚医生还那十支青霉素时，听到的是另一则令人痛彻心扉的故事。赤脚医生告诉我，"这十支青霉素你爷爷已经欠了很多年，那一年你得了急性中毒性痢疾，人已经昏迷不醒，急需打青霉素。这种药当时很缺，你爷爷便来找我，那时的你爷爷已急得乱了方寸，一进门不说话就要给我下跪，而且老泪纵横，对我央求说，我就这么一点希望了，孩子有个三长两短，我也活不了，我家里实在不能再死人了，你就救救孩子吧！我平生第一次见一向威严的你爷爷成了这个样子，我不敢再看你爷爷一眼，就把留下以备自己急用的仅有的十支青霉素借给了你爷爷。此后，他还一再叮咛，不让我把今天的事告诉你们。"

两次还债，两段辛酸的故事，每个故事都让我心如刀割。我知道，对倔强的爷爷来说，每笔债务中都蕴藏着一段令爷爷不堪面对的故事。在以后还债中，我生怕债主再说这些伤心事，便急匆匆把钱放下，道谢后找个借口告别。不过每次我都要让收主在爷爷的借单上签上他们的名字，这绝不是怕债主赖账，而是要给爷爷一个交代。

几年后，我举行了爷爷奶奶的灵柩安葬仪式。跪在爷爷的新坟前，我将那张签有收主姓名的债单拿了出来，用火柴轻轻点着，积压在心头的重压随着一缕青烟的升起，终于卸了下来。我顿时觉得自己完成了一项神圣的使命。

我相信在另一个世界上的爷爷一定收到了那张令我、令他心碎的债单，脸上一定恢复他固有的尊严。

赏 析

《那一张债单》是一幅苦难画卷，一段段彻骨入脉的苦难经历，一个个揪心裂肺的场景，在作者笔下定格，切换，在这种切换中，一个在百般磨难之下而始终保持刚毅、尊严的中国北方的老农民形象，站立在我们眼前，矗立在历史的深处。

读过《白杨礼赞》，茅盾笔下的白杨树是伟岸、正直、朴质、严肃的北方农民的象征。当我们把一棵树化作一个人的时候，我们注重的必定是所化出来的这个人物的内在的精神气质，而此时的外貌往往并不重要，甚至可以忽略。以物喻人时这样写，直接刻画人物时同样也可以这样写。孙犁先生在刻画荷花淀里的女人时，同样也没有描写她们的外貌，而是以故事写人，以情态活人。本文也没有写爷爷的相貌，也许是作者刻意抽象，形象却更鲜活生动。就是那个爷爷，那个中国农村的古老男人，是每个读者在阅读中自己"塑造"的一位老人。这样，散文的思想就更加深邃。

先生的散文不喜欢使用成语，他认为这样往往会阉割一个个生动的细节，而且很难表达"我新鲜、独特的感受"。统观全文，金厚先生的语言是极具个人色彩和地方特色的。如写爷爷"意志如钢""烟丝残了""决堤的洪水在哀鸣""岂止是在滴血""脸上的肌肉绷得紧紧的""乱了方寸"；写我"少心没肺""傻乎乎""借口有事"等等，这些语言，细腻地刻画出人物形象，真切地表达了思想情感。金厚先生的语言，是对民间语言进行个性化加工的语言，让你既感到亲切、清新，又觉得传神、雅正。

（贺新民）

读 山

我生在大山里,命运注定我是山里人。

山里人是一个大家族,有山娃,山妞,山姐,山妹、山哥、山嫂、山叔、山婶……山里人有一个共同的姓:山。

永恒的山记载了一代代山里人的生与死,见证了人生的短暂,山里人用生与死解读着山的古与今,诠释着山的永恒。

读山是山里人一生的课题。

儿时,我曾用惊奇、神秘、单纯去读山。那是一个清晨,我望着远处与天相连的高山,惊奇地问爷爷:"山有多高?"爷爷说:"心有多高,山就有多高。"我又问:"那山有多深?"爷爷说:"心有多宽,山就有多深。""山是用来顶天的吗?"爷爷慎重地对我说:"不,真正顶天的是人。"我望着爷爷不高的个头,又看看自己矮小的身体,禁不住摇摇头。

又是一天傍晚,晚霞中,我看到山头飞翔的山鸟,听到大山里不时传来野兽的鸣叫,我依偎在奶奶怀里,神秘地问奶奶:"山里有什么?"奶奶说:"有家。""谁的家?""小兔的家,小鸟的家,小松鼠的家。"我问:"山里到底有多少个家?"奶奶认真地对我说:"有很多很多的家,合起来山里就是一个大家。"我瞅瞅奶奶专注的神情,点点头又摇摇头。

随着年龄的增长,我要走进大山去寻找爷爷奶奶给我的答案。我趟过小溪,畅饮山泉;我走过羊肠小道,采食山果;我穿梭在茂盛的树林，追赶小兔；我爬在挺拔的树梢，戏谑小鸟。但始终没有找到爷爷奶奶给我的答案。渐渐地对山失去了兴趣。我想，这山不就是这么简单：山鸡，山兔，山草，山花，山泉，还有我这山里娃。

于是我带着对山的失望走进校园，带着对山的疑问打开课本，我试图从"横看成岭侧成峰"中发现山的神奇。从"山重水复疑无路"中寻觅山的奥妙，从"高山不见人，但闻人语响"中寻找山的幽雅，从"明月出天山，苍茫云海间"中探求山的雄宏。当我吟唱着"会当凌绝顶，一览众山小"。"水河澹澹，山岛竦峙"高中毕业回到家乡，抖落着"不识庐山真面目，只缘身在此山中"的神气时，面对的是年迈体弱的爷爷奶奶，面对的是家徒四壁的生活困境，我再也找不到"树阴照水爱晴柔"的感觉，失去了"柳暗花明又一村"的向往，满心都是"千山鸟飞绝，万径人踪灭"的灰暗。

爷爷毕竟是个读过几年古书的人，看到我的失望和失落，除不失时机地给我灌输"山中自有颜如玉"的古训外，严肃地警告我："山里人忘记了爬山路就永远走不到平路上。"他把早已为我准备好的扁担放在我的肩头，语重心长地说："山里的学问多着呢，只有担得这副担子的人，才能真正读懂山，才有出息！"

一副担子压在肩上，压碎了我儿时的童真和单纯，也压碎了我十年寒窗修炼的斯文。我挽起了裤腿，扬起了牛鞭，耕耘着几千年来祖宗们耕耘过不知几千回的土地，嗅吸着先人溶于这黄土中的汗味，寻找他们的追求与梦想。犁铧翻起的一垄垄黄土，宛若一页页古老的书页，记述着一代代山里人的奋斗。我看见自己的汗水滴入犁沟，渗入黄土，与祖先的汗水融于一起，酿造成肥沃，催发着新一代山里人的希望，我似乎领悟到了这黄土的厚重承载，我感觉到了这大山的生机和未来。

是这一垄垄黄土重新激起我对大山的希望，我决定独闯大山，解开我儿时"山有多深"的疑问。我迎着旭日拖着梦尾,独自丈量着山路的崎岖。我的到来并没有破坏大山的恬静,静静的山泉仍然旁若无人地默默流动,当我的身影倒映在水中,微微的涟漪轻轻地抚拂着我的脸,山风吹乱的头发却在水中起伏飘动。山花并无羞涩,仍然那样肆意地开,仍然那样悠闲自得地摇曳。几只山雀也毫不惊慌地时而飞起,时而落下,瞅我一眼,唱着美丽的歌,专心致志地觅食。小溪边刚刚饮完水的山羊,朝我柔声鸣叫两声,像是问候。这一切说明它们并没有把我当作异类,甚至没有把我当作客人,只是把我视作他们中间的普通一员,因为我们都姓山,都是大山的儿子,都是这大山家族中的兄弟姊妹。

我似乎沉浸于某种莫名的陶醉之中,然而一幅奇异的画面又打碎了我的陶醉,一棵千年老树根部已经裸露,一搂粗的树干腐烂不堪,全靠一层坚硬的老皮维持立起,然而树梢却新枝茁壮,嫩叶翩翩。我看到树根在艰辛中表现出来的责任与爱心,树干在吃力中蕴含着的执着和责任。它用自己的残躯支撑着未来,用自己的悲壮展示着生命。而悬崖边一棵幼弱的松树,在大山的石缝中迎风摆动,松树的根拼尽全身力气紧抓着山崖,山崖岿然不动地拥抱着松树,我看到了松树的依偎,我看到了山崖的呵护,这一切给了我心灵极大的震撼,我仿佛明白了山里人把大山称作母亲的全部诠释。

待我从这震撼中平静下来,天色已近黄昏,我不得不带着遗憾走出大山,这时,我发现自己才仅仅走了千沟万壑中的一隅,我没有找到"山有多深"的答案,我深深为自己"心无山深"而惭愧。

记得是初春的一天,我因感冒不能出工,为了不误农时,爷爷宁要自己去送粪,我的千劝万劝不能改变爷爷的决定。爷爷拄着拐杖,担起一担沤粪,一步三喘地走在崎岖的山路上。累了,爷爷只是站着喘喘气,又开始了那艰难的跋涉。我站在院子里,望着一步一拐的爷爷,眼泪禁不住流了下来。不足一公里的山路,爷爷足足走了两个小时,但爷爷始终没有放下担子,我看着爷爷终于走到了山顶,当他放下担子,站起来时,我突然发现,顶着天空的不是山顶,而是爷爷,是爷爷佝偻的身子,是爷爷苍白的头。我突然明白了二十年前爷爷对我说的话,"真正顶天的是人"。

此后,我又一次带着对山的眷恋走出大山,不管大学深造,还是机关供职,我始终没有忘记自己是一个山里人。几年后,我带着儿子回到家乡,想让儿子认识认识家乡的大山。清晨我带着儿子坐在当年爷爷坐的那条石凳上,告诉儿子那是家乡的山,爸爸的爷爷就埋在那里。儿子惊奇神秘地问我:"爸爸,那山有多高?"我望着幼稚单纯的儿子回答:"心有多高山就有多高。"

我默默地告诉爷爷:我们家里又有了一个"读山"的人……

赏 析

智者乐水,仁者乐山。读山,究竟要读到什么?山的峭巍屹立,山的静默坚守,山的包容万物……也许这些就是山的精神、气质。

山是永恒的,读懂了山,也就读懂了人生。

从爷爷到"我"再到儿子,读山从来没有停止,代代传承、延续。儿时读山,充满惊奇、神秘、单纯,对山的高、深好奇。而爷爷的回答,就饱含对人生的感悟:"心有多高,山就有多高","心有多宽,山就有多深","真正顶天的是人","山里就是一个大家",这些话语无不道出:山是大自然,也是我们的归宿,而人也是大自然的,最终必将回归自然这样的哲学命题。

长大后在书本中读山。山同样神奇、奥妙、幽雅、雄宏。当自己高中毕业,满怀失落回到山里时,爷爷的一句"山里人忘记了爬山路就永远走不到平路上",让我真正融入山里,领略到了黄土的厚重和承载,大山的生机与未来。一棵千年老树孕育新枝,山崖拥抱幼弱的松树,让"我"的心灵受到极大震撼。山的高深,山的博大,山的包容,还有代代传承的生生不息的生命,令我羞愧。当看到爷爷挑着担子爬到山顶时,我才对"真正顶天的是人"这个道理恍然大悟:人的坚韧,人的不屈,人所蕴含的力量。至此,作者才算读懂了山:山是我们生活的家园,我们在这里奋斗,在这里创造。

结尾以儿子读山巧妙做结,呼应前文,点明主旨:大山巍巍永恒,生活生生不息。

(刘卫华)

这老头

这老头几十年没跟我说话，也可以说我几十年没跟这老头说话，这老头见了我总是板着脸，一脸的视而不见，我见了这老头也总是拉着脸，一脸的不屑一顾。这样的冷战竟持续了几十年。

我和这老头同村，同姓，但不是一个时代的人，相差三十多岁。可以说我是这老头看着长大的，这老头是我看着老去的。我看了他三十年的鄙夷，他看了我三十年的蔑视。这老头鄙夷我是因为我是这老头仇人的孙子，我蔑视这老头是因为这老头是我爷爷的仇人。他把对爷爷的仇恨转嫁到我的身上，我把爷爷对他的仇恨回刺到他的心里。

小时候，一次，偶尔和这老头相遇，这老头一脸的凶狠，一声猛吼，吓得我魂飞魄散。我觉得这老头有掐死我的架势，但好在这老头没有动手，我便在他那凶狠的目光下逃走。

十多年后这老头老了，我成了一个壮小伙子，又是单独相遇，我不由自主地把拳头攥得很紧，一脸的凶狠，但没有猛吼，这老头看出我有揍死他的想法，害怕我动手，在我紧攥的拳头下溜走。

后来外出上学，工作，进村前总会想，可别碰上这老头，可不知为什么，每每进村后又偏偏会碰上这老头，这老头脸上没有了凶狠，也没有和善，也许是没有了那份力气，看不出有要掐死我的狠劲，不声不响地走了。我想走了也好。

此后见了这老头，我也再握不起拳头来，心里也不觉得再有揍死他的狠了，这老头走了，我也走了，我想还是都走开的好。

有一天，这老头居然不走了。那是在一个同村人的葬礼上，死者是他的近房堂侄，我也应喊一声远房堂叔。我有些怪异，以往在这种公众场合，他都是躲都来不及，因为他清楚，就现在无论哪方面他都不是我的对手，然而这次他竟没走。

不但没走，而且还竟然看着我，表情不是很大方，脸上却有一种强鼓起来的勇气，那是一双昏花的老眼，双眼四周的皱纹把眼圈成了一条线，眼里没有了仇恨，更没有挑战，昏暗中散发着柔和，我突然发现，没有了仇恨的目光是那样的慈祥。

几十年来，我从未见过他这样的眼神，这眼神倒叫我有些慌乱，我不知道是否应该回应这眼神，更不知道用怎样的方式来回应，慌乱中，我也不知不觉地向他点了点头。

我这头点得很轻，很马虎，甚至有些似是而非，但竟没有逃脱这老头昏花的眼，他好像放下了一些顾虑，蹒蹒跚跚地向我走来。

"你也有些老了，你说我咋还不死。"这老头仔细打量着我，好像在检讨自己活得太长。

"你爷爷是会好活的人，他走了已三十一年了，你说我咋还不死。"这一次他好像是向我的爷爷检讨，我突然觉得他十分可怜。

"人活得越长，过去的事想得越多，就有越多的后悔，是心根子里的后悔。"说完，这老头竟在我的胳膊上轻轻拍了两下。

我机械地回应着老人，尽力显得平和，甚至友好，但好像他并不在乎我的回应，或者我回应了什么，他只是一个劲地往下说，说完了冲我笑笑，嘱咐我回城路上开车慢点。说着转身走了，蹒跚的脚步中有了几分的轻松。

我也忙冲他笑笑，但这时他已经转过身去，不知道他是否看见了我的笑。这点让我一直很揪心。

回城的路上，我想，下次再见面一定要给这老头补上一个笑，虽然他并不在乎，也许他也不需要，但还是一定要让他真真切切看到我对他的笑。

可惜的是，就在这年的深秋老人逝世了，我没能补给他一个笑，便专程回去在老人的灵前点了一炷清香。

清烟飘飘升起，很轻松，很悠然……

赏 析

"这老头"，应该是个让人喜欢的人。

"我"和这老头进行了长达几十年的惊心动魄的对峙和战斗，这种架势不见于形色却又处处涌动，一切都在大量细腻而传神的心理描写中展示。

开始，这老头，一见我，一脸的凶狠，有掐死我的架势。后来再见，这老头，脸上没有了凶狠，但也没有和善。再后来，他竟然看着我，眼里没有了仇恨，昏暗中散发着柔和。这是岁月的打磨，老头也在"成长"。

我呢？小时候，被老头吓得魂飞魄散，快速逃走。壮年后开始反转：我，一脸的凶狠，把拳头攥得很紧，我有揍死他的心思。再后来，我也不再握起拳头来了，双方走开就好。这是岁月的修剪，也是我的成长。

几十年来对峙战斗大家是否都疲劳了，伴随这种疲劳的还有一种明白，他们都明白了，这老头，眼里竟然没有了仇恨，昏暗中散发出柔和来了。而我，也突然发现，没有了仇恨的眼光是那样的慈祥。

"这老头"，是没有名字的，一个普普通通被仇恨压抑了几十年的老头。而"我"，也是没有名字的，一个普普通通的被仇恨扼制了几十年的后生。时间让这两代人明白了：冤冤相报何时了，得饶人处且饶人。冤家宜解不宜结，各自回头看后头。懂得了：放下一身轻松，放过海阔天空。人生何其短暂，仇恨烟消云散。

  要强调的是本文作者极具功力的心理描写以及这种描写中蕴含的人性思考。

（李云飞）

  李云飞，男，1985年毕业于吕梁师专中文系。吕梁柳林联盛中学高中语文教师，中教一级。

第一辑 叩问大地他是谁

故乡不是风景画

我说,就这样结婚了?为什么?

大姨说,合适,两个人都觉得。

我不知道这合适里有没有情,有没有爱,这么简单,这么直接,这么随便,太有些漫不经心了吧,也许大姨觉得这些都不需要,只要合适就够了。

这时我不得不问,你们互相有承诺吗?

"有,我答应给他做饭,他答应给我洗锅"。大姨见我笑了,忙说,肯帮女人洗锅的男人就能靠得住。

大姨说得很肯定。

泥土的灵魂

张村的人脾气好，像黄土一样绵绵的，土地里长什么，张村的人就有什么，张村人的脾气也是从土地里长出来的。

爷爷说，人就是地上长着的一棵庄稼。张村人认这个理。庄稼和人都离不开两样东西，一样是水，一样是土。张村人对水很不满意，说这东西不好伺候，难打交道，和老百姓相处时一点也不厚道，要么是赌气不来，三月五月不见面，弄得人兽口干舌燥，草木枯萎。要么动不动就发脾气，吼着喊着横冲直撞，冲走庄稼，冲毁田地，甚至连路，房，人也不放过，人们对它实在是爱也不是恨也不是，要个风调，要个雨顺，难哪！

土就不是这样了，土地敦厚，从不咋咋呼呼，只要你不离开它，它就会一直静静地守着你，就和老娘一样。即使你慢待了它，肥也懒得上，土也懒得松，它也不和你发脾气，只是让枝瘦叶小的庄稼悄悄给你捎个话：对别人好就是对自己好。爷爷说，人也是从土地里长出来的，人活着两只脚就不能离开土地，离开了土地就接不上地气，接不上地气人的心就会浮躁，就会起邪念，就会干伤天害理的事。张村人信奉"入土为安"的话，认为人死了埋在土里就是回了老家，只有老家才是"安"的地方。

张村人认为，水是贵客，土是家人，对自己家里人不应矫情，不用客气，一是一二是二。张村对面有一座龙王庙，修得极其威风，门联是：翻手为云四海安澜，覆手为雨九土润生。你看，一辈子不善言辞的张村人在龙王面前也要学会说这样的好话，一遇干旱年景，要抬着祭品去说，磕着头去说，生怕一不小心得罪了这尊神神。我发现这种虔诚其实是畏大于敬，是一种逼不得已。对土地的感情，则全然不是这样。村前的土地庙仅是一间不大的土窑洞，也有一副对联，写的是：人生土是根，命存地为本。这话有多实在，有多亲切。祭祀也只是过年的那天，也虔诚，也祷告，但出入随便，就和走进自己的老娘的房间问安一样。敬而无畏。对此我多有不解，爷爷说，都是自家人，天天厮守在一起，想的都是一样的事，不需要那样见外客套。

土地坦坦荡荡，不掩不饰，只要你眼里有它，它便无处不在。土地不懂张扬，不摆架子，你踩在脚下不恼不怒，顶在头上也不忘形，只要是长在土地上的东西它都会想法让你过得无忧无虑，它给了一棵树自豪，也给了一株草满足，它把自己的一块切割给蚂蚁，让蚂蚁不感到自己渺小，它也给了猪鸡一块领地，让猪鸡不觉得愚笨。人也好，狗也罢，杂草也好，禾谷也罢，到这个世界上来你带着什么，吃的，喝的，还都不是这土地给的，大家一样的平等，马不要因为你力气大就欺负小羊，庄稼也不要以为你对了人的脾胃就挤对小草，远亲不如近邻，近邻不如对门，大家低头不见抬头见，还不知道你有几斤几两，再说谁家锅底的那点黑能瞒得了大家，有意无意伤害对方，都会觉得脸红。

爷爷是把庄稼好手，但他也没有因此而厌憎侵入田间的野草，他总是把那些趾高气扬的野草刨起，放到田埂上，地堰边，大路旁，再给根部培些土，还要叮咛几句，在这里长也挺好的，不要得寸进尺嘛！实在有碍庄稼生长又不好刨起的，爷爷下锄也不狠，只锄掉枝叶，不妨碍庄稼生长为原则。爷爷说，谁做错什么罚鉴一下就行了，千万不要斩草除根。

土地是一位沉默寡言的老者，但谁也别想在土地面前逞能，这个世界哪一样不是泥土做的，天下的事哪一样能瞒得了泥土？是的，张村的一切就都在泥土上，爷爷说，泥土就是母亲的肚子，住人的房子，埋人的墓子，不管天上飞的地里长的路边立的家里躺的，谁不是来自泥土，谁又不是回归泥土。泥土理应得到一份关爱。到了寒露，到了霜降，果实回收了，秸秆割倒了，茬根刨走了，泥土铺天盖地地裸露在那里，它憔悴，它疲乏，它在默默地等待着秋霜的总结，冬雪的评审。孩子们吃着秋收的美食，乐得屁颠屁颠。大人则不然，知道秋风拍打窗纸的意思是什么，爷爷总要揭起猫洞上的布帘向外张望，脸上便抽搐一下，鸡叫二遍时，天才蒙蒙发亮，爷爷已起床了，看看我和熟睡的奶奶，轻手轻脚开门出去，给牛圈里的老黄牛添草。奶奶也好像有什么心事，撩起猫洞布帘，吃力地望着，能看到什么呢，是一层薄薄的黑纱罩着的大门，墙院，花台，房檐。磨盘上佝偻的浓黑，是爷爷的身影。爷爷怀抱犁头，拨弄着犁上的机关，铧儿擦得铮亮，奶奶放下猫布帘，叹一声，还早呢，急啥，就不懂得多睡一会。

爷爷睡不着，他揪心于土地的憔悴，疲乏，种地的好把式都知道，秋耕是少不得的，为辛苦了一年的泥土按摩按摩，松松筋骨，让它轻轻松松睡上一个冬天的好觉。除此之外，你说，人还能为它做些什么！

在张村人的眼里，泥土是无所不能的，泥土就像老娘一样，怀里揣着你儿时想要的一切美好与新奇，你什么时候要她都能随时给你掏得出来。你冷了，老娘就是一领棉被，你热了，老娘就是一把凉扇，你饿了，老娘就是一掬花生，你渴了，老娘就是一杯凉水。那一年，学校刚毕业，爷爷让我把院畔坍塌的墙垒好，几块坚硬而不规则的大石头垒起塌了，再垒起再塌了，我很沮丧。爷爷走了过来，铲几钎黄土，拌少许麦壳，和成泥，石头让泥土一砌，丝纹合缝，稳稳地把墙垒了起来。爷爷说别看这泥土软绵绵的，这一调一和，再强硬再有脾气的东西也能让它和和气气待在一起，人能做一回泥土也不简单。秋深了，爷爷割掉菜圃里的最后一茬小葱，用一层黄土覆盖了菜圃，第二年春天，爷爷刨开黄土，绿油油的小葱长了出来，水嫩水嫩的，爷爷说，黄土又隔风又保温，就是一床绵被，这话，我信。

还有神奇的，一个闷热的夏天，姑姑的孩子得了湿热，腿弯胳膊弯温的痛红，溃烂了，流脓了，打针敷药不见好，孩子哭姑姑也哭，奶奶拿一把斧头，在村西黄土崖上砍一块土疙瘩，放在灶里用火烧，烧焦了，研碎，把细细的土末敷在患处，没几天红肿退了，伤口神奇地好了，我才知道，原来黄土还能入药。对这泥土，你不服还真不行。

张村没有诗，张村只有土，我曾读过获金森的诗，获金森写土地，也写土地上的父亲，但读给爷爷也未必能听懂，爷爷心中的诗很简单，就是把春天播下去的一粒一粒的种子拨弄成秋天挂满枝头的一串一串的果实。他不懂平仄，但他知道，平地要多施点肥，坡地要多浇点水，他不懂得押韵，但他知道该下雨时下雨，该日照时日照，庄稼才能活得舒服顺达，他不晓得什么起承转合，但他能把春播夏锄秋收冬贮严密衔接一口气呵成，他更不明白"诗眼"这样高深的艺术，但他却有着不少生活的小精彩：

每天地里归来，爷爷头上的毛巾，腰间的腰带，脚上的鞋里，连同满身满脸都是泥土，草叶，草籽，这时奶奶拿一条热毛巾，递一把笤帚，有一份老夫老妻的关爱，也有一份对土地工作者的敬意，爷爷笑哈哈，说，我在人家家里忙乎了一天，它们亲热地爬了我这一身一脸，这份情咱得领，咱也不能太小气，连个家门也不让人家进，这不厚道。于是就带一身泥土进屋，小板凳上一坐，喝几口凉水，抽两袋旱烟，然后才走出来，把鞋里兜里及满身的泥土草籽用心地清扫在院子的花台里。

爷爷的这一做法，奶奶颇为反对，不就一身泥土草屑，扫进垃圾堆算啦，爷爷却不这么看，说，都是个邻居，朋友，肯跟着咱来是看得起咱，准得给人家个合适的去处，冷落不得。久而久之，奶奶用来栽花种菜的小花台里，那些跟随爷爷来的草籽生根了，发芽了，蓬蓬勃勃地长了起来。这样野地里有的花台里都有，成了名副其实的百草园。奶奶说，锄掉吧，连花都不能种了，爷爷说，不行，都是花，为啥就不能一样看待呢！

这些虽算不得传奇，却也充满了诗意，因此"土地就是老娘"这句话，就应该是张村人的诗，有了这句，长于写土地的大诗人雅姆的那几首名诗，我觉得就不需用在这里再写出来了。

爷爷曾向村长建议，在村里盖一座牛王庙，村长不答应，说那是封建迷信，爷爷说，人是牛养活了的，村长说，谁让它是牛呢！爷爷说村长没良心。

爷爷是村里的养牛工，爷爷偷偷在牛圈的一个角里挖了个小洞，立了个牛王的牌位，要我写一副对联，我不知道怎么写，爷爷说，书也白念了，就写：牛种下庄稼，人吃了粮食。爷爷不会编对联，以为两边的字一样多就行。

我曾看到过，爷爷挑着担子上坡，后面来了一头牛，爷爷便躲在路旁给牛让路，一脸的恭敬，一脸的歉意。爷爷在河边洗脸，发现下游有几头牛喝水，爷爷忙停止了洗漱，水淋淋跑到牛的下游洗了起来，作为养牛工，爷爷手中少不了一把皮鞭，但他从来没有抽过牛，只为牛赶赶苍蝇，就像朝廷上皇帝身边公公手中的拂尘。

那是一个傍晚，爷爷端来一盆清水，为那头老黄牛洗刷，角，蹄，嘴，连同眼角的眼屎都清洗得干干净净，牛毛也梳理得顺顺的，很晚了，爷爷还为老黄牛拌了半槽的牛料，一直守在那里看着它吃完，久久不肯离开。第二天村长陪食品公司的人来拉牛，看到牛角上拴着一条红绫，牛要走了，只见爷爷扑通的一声跪在牛的前面，怀里掏出一把剪刀,剪下自己的一缕胡须,放在黄表里烧掉。一个响头下去,已经老泪纵横了。老牛看着爷爷,眼睛有些湿润,突然"哞"的一声哀号,两行浑浊的老泪滚滚而下,我一直以为眼泪是人的专利,老黄牛的老泪震得我的心直颤,一个老人,一头老牛,当四行浊泪一起掉在泥土上时,我不知道诠释其意的应该是怎样一组文字。

那一年,花台里的花草长得活活泼泼的时候,爷爷却突然倒下了,爷爷刚锄完一垄庄稼,想伸伸腰,结果晃了两晃便倒下了,倒在两行玉米的垄上,因此没有压伤一株庄稼。抬回家时,已经昏迷不醒,老中医说,那是脑中风,我和奶奶为爷爷细心地清理满身的泥土,也一如爷爷平时一样倒在院子的花台里,我发现爷爷的右手紧紧握着,从指缝间可以看出那是一把泥土,爷爷握得很紧,我几次想扒开他的手,都没有成功,我怕弄疼了爷爷,只好作罢。

就在第二天早晨人们出工的时候,爷爷的心脏停止了跳动,爷爷走了,是和他一起上地的老伙计们一起走的,是巧合,还是一辈子养成的习惯,我不得而知。入殓时,我想把他手里的泥土取出来,奶奶说,不用了,他想要,就让他带去吧。我想也是,爷爷手中的土里一定有不少的草籽,当它们和爷爷一起溶化于大地时,说不准会长出一抹绿来。

也是第二年的这个季节,奶奶说,给你爷爷立块碑吧,在爷爷的那间土窑洞里,煤油灯下,我为爷爷写了如下碑文:

这堆泥土里躺着的是一位把泥土当作老家的人,生于庚戌九月,五行属土,和院畔那棵刻有七十一圈年轮的老杨树同岁,不识字,不懂诗,给老龙王磕过头,为土地爷烧过香,叫泥土是老娘,称花草虫鸟为邻居,给搬家的蚂蚁让过路,为老死的蚯蚓收过尸,洒泪跪拜过老黄牛,种植了一花台的野草,临死倒在地头,没有压坏庄稼,安葬时右手紧握,里边有一把黄土,几粒草籽。

立碑时，我看见爷爷的坟堆右侧长出了几株小草，嫩嫩的，壮壮的，是院内花台上常见的那种，我想，那小草，应该是泥土的灵魂。

赏析

《泥土的灵魂》写土地、也写农人。写泥土"绵绵的"，"从不咋咋呼呼"，"敦厚"，"只要你不离开它，它就会一直静静地守着你，就和老娘一样"。泥土还不懂张扬，不摆"架子"，"你踩在脚下不恼不怒，顶在头上也不忘形"。黄土地的这些特征和天下农人的本质人性，作者用"慢火烹蟹"的手法娓娓道出，对于泥土作者充满了敬畏和热爱，他认为泥土是一位沉默寡言的老者，"谁也别想在土地面前逞能"，天下的事哪一样瞒得了泥土。

写土地上的农人用的则是白描手法，磨盘上"佝偻的浓黑"那是爷爷黎明时怀抱犁头擦犁的身影，只用五个字就把此时此景下的爷爷写得栩栩如生，这种描写很"静"很"轻"，很省墨，但很传神。写爷爷与老黄牛诀别的场面时作者好像很"泼墨"，很高调，甚至很激越。爷爷那出人意料的惊天一跪，剪掉自己的一缕胡须，放在黄表里烧掉，以及爷爷的一个响头，两行热泪，老黄牛的一声哀号，两行老泪，这是黄土地上两位"老者"的诀别。作者重墨写这个场面，每一句都是一种震撼，把"土地、耕牛、农人"这种骨肉难分的关系，人和自然不可割的"亲情"刻画得入木三分。

从这篇散文中我们可以看出，作者是个诚实厚道的人，写作中不玩花样，不故弄玄虚，写散文坚持着"散"与"聚"这一古老而传统的手法，虽然没有把泥土的灵魂是什么直白地写了出来，但我们在阅读中完全可以得到真切的体会。

（张永红）

六岁那年　我已经长大

六岁户主

六岁那年，我已经长大，我长大的标志是我的父亲死了。我们乡下有这样一句俗话：老子不死儿不大，言下之意，只有老子死了，儿子才算真正长大。这句话很有道理，因为在老子的面前儿子永远是个孩子。

这样，我六岁那年，就应该是个大人了。这不是早熟，应该叫"速成"，六年的时间就一下活过了幼年、童年、少年，现在想起来比快速养猪都快，儿子这样"疯"长，父亲省事多了，看来我父亲是一个极会省事的人。

父亲省事了，他没想到把麻烦丢给了他的儿子，我开始感觉到了我和别的孩子的不同，父亲活着时，常听到人们这样称我："占荣（我的父亲的名字）家儿的。"父亲死后，这种称呼几乎没有了，人们就开始直呼我的名字。甚至说到我父亲时，也不用他的名字了，变成了"金厚他爹。"这种把儿子的名字附加到对他爹的称呼上的叫法，全村孩子中只有我一个，看来我是真得长大了。

更叫我没有想到的是六岁那年，我竟成了我们家的户主，父亲死后，父亲的名字就应该在村里所有有关我家的资料中消失，换一个新户主的名字。支部书记说就写孩子他妈吧，会计是个老秀才，村里人管他叫夫子，夫子说："使不得，咱村没有一家是女人当户主的，要不就写他儿子吧。"两人为此还征求了我母亲的意见，母亲说："我有儿子呢！他也是个男子汉，就写我儿子吧！"母亲说这话时，语气中有不少的无奈，但更多的是骄傲。这样我便当起了我家的户主，便成了全村各种表册中名字最多的人，家里的户口本、土地证、花证本、布证本、合作医疗本、购货证，再加上学校的学生花名册，点名册，各科成绩登记表，学生干部花名表都写的是我的名字。记得最清楚的是，学校学生登记表中家长栏目内和生产队母亲劳动的记工本上都写的不是母亲的名字，而是写着"金厚娘"三个字。六岁的我便完完全全成了我们家的名号。

我第一次施行户主的权力，却是一次抓阄，一天村里召开会议调整各家各户的自留地，为了体现公平，采取的是抓阄的办法，地的好坏就决定于这一抓。母亲说，我一个寡妇人家能有什么好手气，还是让我儿子抓吧。临走时母亲还特意给我洗了手。从母亲慎重的态度，我意识到了事情的重要，我在母亲的鼓励下，走到办公室放满纸蛋（阄）的桌前，我明显地感觉到我的心脏的跳动，脸也有点发烫，几次伸出手去，又抖抖地缩了回来，抬头看看满屋的人，都是各家各户的男人，只有我一个是孩子，心想我一个孩子怎么能抓过那些大人呢？呆呆地站在桌前看着桌上的纸蛋，再不敢把手抬起来，眼泪一下就流了出来，还不时发出轻轻的哽咽。最后在大家的鼓励下，我闭上眼睛，抖抖地抓了一个纸蛋，握在手里又不敢展开，大家又是一阵劝说，我才把纸蛋给了老夫子会记。没想到老夫子一念地名，满怀希望的母亲也哭了，原来我抓到的是一块又远又差的山地。我突然觉得自己闯下了大祸，大声哭着冲出了会场，母亲急忙追了出来，擦干了自己的眼泪，把我紧紧抱在怀里。春播，夏锄，秋收，害得母亲不知多跑了多少山路，多受了多少辛劳。每当看见母亲带着疲倦的身子下地回来，我都会想起那个倒霉的纸蛋，心里总觉得对不起母亲。这次抓阉成为我一生的痛点,就是成人之后我一见打彩之类的活动,心里就不舒服。不管别人如何劝说,我是坚决不参与这类活动的。

那一枚印章

一天,我看到母亲在石头上磨着什么,有汗珠从脸上滴了下来,走近一看,原来母亲在磨一块印章,印章是父亲的,我不明白母亲为什么要把父亲的名字磨掉。母亲发现了我,抬起头时我看见母亲眼里流着泪,原来掉在石头上的并不是母亲的汗水,而是母亲的泪珠,母亲是蘸着自己的泪水,要把自己男人的名字磨掉。我问母亲为什么要把父亲的名字磨掉,母亲说:"他丢下我们母子不管了,干脆把他的名字也磨掉算了,现在你是咱家的户主,你得有个章子,要不在生产队领什么都得盖个印章,你没个印章是不行的。"说完母亲又低下头磨了起来,一串泪水像断了线的珠子滴在了那块石头上,我也站在母亲身后流出了眼泪。

后来母亲求人在印章上刻上了我的名字,就在磨掉父亲名字的地方,我记得印章上刻了"张金厚印"四个字,字刻得不是太好。这样,我六岁上便有了自己的印章,说不定在中国也是年龄最小的持章人。有了印章,就是大人了,当时我对印章的作用不是很清楚,只是见母亲外出只要盖上我的印章就能领回东西,有棉花、救济粮、救济款什么的,我就对母亲说,既然盖上我的章子就能领回来东西,那你就每天拿出去多盖些。母亲被我幼稚的话逗乐了,笑着把我搂在怀里,说:"好儿子,你就是咱家的小财神,妈妈一定多盖些。"妈妈搂得我很紧,我心里十分自豪,因为我那时一直认为妈妈能领回东西来,就是因为章子上刻了我的名字。

第二年的春天,信用社发放购买化肥贷款,妈妈怕我误课,就拿着我的印章去信用社贷款，信贷员见印章与妈妈对不上号，一定要户主本人持章来办理，妈妈只好到学校给我请了假，和我一起去了信用社。信贷员问："谁是张金厚"？妈妈说，就是他，我儿子，信贷员问我几岁了，我说："七岁"，信贷员说："七岁的孩子竟来贷款，那不是开玩笑吗？"妈妈说，他爹死了，他就是户主。信贷员说不行，按规定不到十八岁不能贷款。我忙走上去把印章递给信贷员说："我有章子。"没想到这信贷员天生看不起孩子，生气地说，"有章子也不行，你那章子不顶用。"看见别的人都贷上款走了，母亲急得哭了，我也跟着母亲掉泪。母亲的哭是贷不到款庄稼无法下种，我的哭则是因为母亲的哭，也因为我的章子不顶用。

事后生产队的干部出面，我也不知道采取了什么方法，款总算贷到了，但始终没有用我的章子，我对妈妈说，这章子不顶用，就扔了吧！妈妈说，不能扔，在妈妈心里，你就是咱家的户主，有你的章子，妈妈心里就踏实。

因为有妈妈的这句话，我一直非常珍惜这枚印章，现在我仍然珍藏着它，使用着它，虽然它已很陈旧了，字也刻得不好，但我一直舍不得换掉，它一直跟随了我整整五十年。

小小祈雨人

八岁那年春季的一天，母亲给我请了假，要我和村里人一起去祈雨。

祈雨是村里求神降雨的仪式，一般在特殊的大旱年才举行，仪式极其隆重，村里人把它看作是生命攸关的大事。

祈雨的地点是九凤山下的白马仙洞，据《汾州府志》载："世传白马日食民田，逐之，竟入洞，蹄迹犹存，故名白马仙洞。"白马人洞化仙成了洞主。一日，洞主闲游河畔，见一美貌女子在河上脱衣洗澡，便强虏回洞做了夫人，化为凤仙。洞夫人是邻村康姓之女，是我们村的外甥女，自然对我们村格外有感情，村里人说，我们村去祈雨准灵，因为有"外甥女"的垂顾。

祈雨队伍的要求极为严格，女人没有资格参加，必须是每家每户的户主，这样，我这个八岁的户主是一定要参加的。而且还有规定在祈雨前七天内所有的人都不能与女人同床，别的男人是否真做到了，我不清楚，这一点对我来说就不是问题了。祈雨人还必须身着长衫，头戴柳枝编成的圈子，光着脚板，以示虔诚。我没有长衫，母亲就拿出父亲当年的一件上衣让我穿上，虽然不伦不类，但也打至我的小腿，也能将凑。

祈雨队伍极其雄壮，主祈人左手拿着香表，右手拿着木棍，走在队伍的最前面，一脸的庄重，一脸的严肃。接着是四个年轻小伙子抬的一口褪了毛的大猪，叫主祭品，因为传说这对神仙夫妇极爱吃猪肉。接下来是八桌面做供献，由八个后生扛着，这叫祭品。祭品后，是八面彩旗，一班吹鼓手，吹的曲目叫《将军令》《得胜回营》。接下来就是手拿香表的祈雨人。因为我年龄最小，排到了队伍的最后，大人们走我也走，大人们停我也停。祈雨的队伍吹吹打打要从村前游到村后，相送的和看热闹的人不许站着，必须跪在地上以目相送，如遇不守规矩的人，主祭人的柳木棍是不讲情面的，劈头盖脸打过去，被打者也不得有任何反抗，否则，祈雨的人会一拥而上将他揍扁。

我头戴柳枝编成的圈子，光着脚板进行在祈雨的队伍中，虽然脚板底很疼，但我觉得十分自豪，仿佛自己也真的成了一个大人，也是一脸的严肃，一脸的庄重。当队伍刚看到白马仙洞时，主祈者一声口令"跪——"所有的人一起跪下，恭恭敬敬磕上三个头，此后每走七步，便下跪一次，磕头三下，一直到洞口，这时主祈人烧香焚表，献上祭品，口中念念有词，其他祈雨人跪在地上，两手和头都要着地，等祭祀完毕，才将头抬了起来。

祈雨最后的仪式是进洞取水，如果能取出水来，说明祈雨成功，近日必有一场甘霖，解除旱灾。这时大家的心都提在嗓子眼，焦急不安。取水人是由主祈者在祈雨人中挑选一人和他一起进洞，我不明白主祈者为什么竟选中了我，后来听人说，几年前的一次祈雨没有成功，是因为选的取水人是一年轻壮汉，在禁期内禁不住和妻子同了房，惹恼了神仙，事后被听门子的人揭发后挨了村里人的一顿饱揍。这次主祈人一定是认为我是个孩子，不会违背不能与女人同床的规定，就这一条选我他心里放心。

我和主祈人打着手电进入洞中，洞很狭窄潮湿，一会儿要弯着腰走，一会儿还得爬着前行。大约有二十分钟，我们来到了洞的尽头，借着手电光，我看到洞的顶部有一乳状溶石。主祈人从怀中掏出瓶子，双手捧着，跪在乳石下面，等渗出的水滴滴在瓶内。大约一个多小时后，听到有水滴入瓶内，凑着手电光一看，瓶内确有了那么几滴水，主祈人激动得又是感谢又是磕头，我也学着他的样子说着感谢的话，这时我借着手电光，看到主祷者眼里闪动着泪花。

走出洞来，主祈人让我把瓶子顶在头上，只听他大喊"娘娘显灵了，全体磕头重谢。"全场齐声高喊"谢谢娘娘！"朝着我头顶上的瓶子又是三个响头。

那一年祈雨后是否下过雨，我实在记不清了，我只记得第二天上课时我脑子里还满是祈雨的事，老师讲的什么我根本没有听进去。快放学了，老师挑写生字，每人挑写几个，挑我的是"歪歪斜斜"四个字。别的学生写好走了，可我怎么也想不起这四个字来，这在我来说还真是第一次。老师用手指弹着我的头骂我笨蛋，同学们趴在门上看热闹，我先是流汗，接着泪水也流了出来，最后干脆放声大哭起来。

天不早了，大概老师也让我给折腾饿了，罚我晚上每个字写二十遍，我哭着回到家里，哀求妈妈说，我再不当这户主了，我再也不去祈雨了。妈妈哄着我，我用力地摇了摇头，我看到妈妈的态度很坚决，妈妈没有接受我的"辞职"。

我一脸的茫然，茫然中我又想起这丢人的一幕，心里充满了委屈。晚饭后，我打开生字本，在"田"字格内将那"歪歪斜斜"四个字端端正正地写了二十遍。这件事让我刻骨难忘，这四个字让我铭记一生。虽然我过早长大，"户主"的路上留下了我歪歪斜斜的脚印，然而它时时在警示我：人生的路一定要走得端端正正……

赏析

六岁已经长大，有些匪夷所思，这种拔苗助长式"速成"经历，作者用三个都有泪水的故事讲述。

三个故事中都写到眼泪。第一次是抓阄分地。母亲嫌自己是寡妇，手臭，"特意给我洗了手"这样的慎重"让我意识到了事情的重要"，"我"心跳、脸烫、手抖，是一个孩子的恐惧和胆怯的表现，于是"六岁的大人""哽咽"了，闭着眼抓了纸蛋，又不敢展开，这纸蛋让母亲哭了，于是"我"觉得自己闯了大祸大哭起来，如果"我"能抓到一块又近又好的地，母亲会减少多少辛劳？这是出于一个六岁孩子内心的自责，这眼泪是从心底流出来的，读出了满满的酸楚。

第二次是为了让我有个印章，母亲蘸着泪水磨掉印章上父亲的名字，那蘸的不是泪水，是母亲心头的血，是母亲挖心割肺的疼，这个代表户主的印章，是母亲的希望，当印章的希望破灭后，这泪水有失望，有委屈，有无助，从这被命运逼出的眼泪中，我们读到的是一种凄惨。

第三次写眼泪是祈雨，这是作者浓墨重彩书写的一章。作者用较长的篇幅和细致的描写，叙述中国农民祈雨这一古老的图腾式的地方习俗。一个八岁小孩，当了这场活动的主角，竟是因为他不会接触女人，能让主祈者放心的奇特原因，这一"错位"直接导致的是他不会写"歪歪斜斜"的大哭，这泪水读出的是一种沉重。

　　三个故事，三次流泪，次次眼泪，各不相同，只有笔力达到内心深处的细微处，才能有这样丰富精准的表达。

（刘卫华）

诀 别

一

听说整个村子都要搬迁，村里一阵骚动。最开心的是那些孩子，要进城了，要住楼房了，要当城里人了，他们知道自己搬迁的小区叫枣林苑，是在城边专为移民修建的，他们觉得这小区名村味太浓，不太像城市人住的地方。这让他们有点不爽。

孩子们想的是要当个像模像样的城里人，说话，走路，穿戴都应该有城里人的范儿，住的小区也应该像城里的"骄峰苑""儒城国际"那样，光名字就够气派，"枣林苑"的土气让他们有些失望，好在孩子们的想法就是一会儿的事，过后，还是难以抑制的兴奋，整天想的是自己要变成城里人了。

大人们则不是这样，要住新房了，开始也有过新奇，也有过激动，但大家都不表现出来，随着搬迁日期的临近，那种新奇渐渐淡了，激动也渐渐消失，心里便产生出一种虚来，接着便是空落落的感觉，要离开这祖祖辈辈生存的土地，从此这里熟悉的一山一水一草一木与自己再无关联，除了这些，他们想的更多的是以后的日子，当了一辈子农民一下变成了城里人，这城里人的日子是怎么个过法，心里没有一点底，于是除了不舍和留恋，更多的是迷茫与焦虑，甚至还会感觉出一些痛来……

二

　　五哥坐在院子的石墩上看着自己的窑洞狠劲地抽烟，口里的烟不是轻轻地抖出来的，而是直冲冲地向正前方喷去。二婶拉着脸，忙里忙外收拾着要带走的锅碗瓢盆。秋楞他爹坐在门槛上仔细地擦着犁铧，铧儿锃亮锃亮，也不知道停手，……屋是旧了些，不光鲜了，但他们知道，这屋里收藏着他们儿时的啼哭，少年的憨笑，父母的斥骂，夫妻的争吵，是这些声音把时间吵成日子，窑洞吵成了家。只有在这吵声里，自己已经变得沙哑苍老的声音才不显得难听，这日子才充实，这个家也才显得完整，自己也不会觉得衰老苍凉。那盘土炕怎么能够丢得下呢，那是他跌落到这个世界第一次接触的泥土，这泥土里渗着他的胎盘味儿，也是这些泥土首先告诉他什么叫世界。那放过儿时摇篮的地方正是自己人生的起点，是那盘土炕的温度伴他走过了人生的冷暖季节。不管你是拖着乞讨棍出来，还是带着一天劳作的疲乏进屋，抑或受了别人的欺负带着满腹的委屈和悲痛而归，只要你睡在你出生的那块土上，一切的痛苦，烦恼，不愉快就会被那熟悉的土味化解，紧绷的肌肉放松了，僵硬的神经酥软了，奔涌的血流放缓了，你才会感觉到什么是真正的舒服，这份踏实只有这盘热炕才能给你。他们实在担心，躺在城里的那木头床上如何睡着？没有了公鸡打鸣的一个个长夜将如何度过？

　　今天的院子静得要死，五哥急匆匆走到牛圈旁，往日里这是给牛添草的时候，看着空空的牛圈，才意识到老牛昨天已经卖掉，呆呆地愣在那里，眼前都是与老牛诀别的情景，老牛被食品公司的人牵着，满眼是泪地看着他，分明是在乞求他不要卖掉自己，他不忍再看下去，在要转身的那一刻，他看到老牛掉下了眼泪，这时的他早已泪流满面。二婶看到窗台上的鸡笼心里就发酸，她想拿下鸡笼藏起来，免得看见伤心，走近鸡笼习惯地伸手一摸，竟摸到了两颗鸡蛋。她想，这一定是"红冠"与"秃尾"下的，这两只鸡下蛋最勤，每天下了蛋总要叫着向她表功，讨要奖赏。昨天它们是在鸡笼中被收购商抓走的。那声嘶力竭的惨叫中，有怕、有怨、也有不解，二婶拿着鸡蛋，想起自己终究还是欠了它们一顿补偿，眼眶也湿了。

秋愣他爹的大白狗已经送给了亲戚，每天在他面前显摆模特步的小狸猫也让外甥抱走了。那一天也真奇怪，几只山羊恋着栏怎么赶也不肯出来，两只猪赖在圈里费了很大劲也赶不走，那几天整个村子都变了，长在地里的庄稼谁也没心思去作务，好像这村子容不得一切活物，于是就来了一次生命的大清洗。

院外菜园、花台的篱笆东倒西歪，没有谁去扶它一把，柴薪倒了，葛藤断了，花草藤蔓有气无力地拉扯着断薪，精疲力竭后才觉得这样的防御体系的无力和不堪一击，鸟儿们飞落在残断的篱笆上，失去了鸣叫跳跃的兴致，也没了抖落炫耀羽毛的心情，只是疑惑地将头一伸一缩，想要弄清这里究竟发生了什么？

三

这是一个清晨，每家每户的主人都来到村东的坟场，他们都是为迁坟而来，因为这座坟场不久将会成为焦化厂的炼焦炉场地。坟里埋着的死人是坟外站着的活人的根，他们有着说不清的相通和相恋。有老坟在此，活着的人都能准确地知道将来死后掩埋自己的是哪一方土，这里就是他们永远的家，因此他们活得踏实。

坟场里，人们都不说话。是的，还有什么可说的，活人都得搬走，死人怎么能赖住，活人的根都在坟里，现在要连根拔起，怎么能高兴得起来。是的,就是这一拨,落叶归根的愿望不会再有。岂止如此,以后,乡没有了,根没有了,这叶子又该落到哪里?

别看坟场是人们不常来的地方,但谁家的祖坟都常常牵挂在儿孙的心上。每年的大年初二、清明节,坟场可是最具情感,最热闹的地方,上坟的人绝不会一两个人出动,都是按族系组团而来,能走动的都要来。因为他们都会相信祖宗地下有灵,这两天都在冥冥中检阅自己的儿孙,享受供献的祭品,全族系的人都来,一是让祖宗知道自己的家族人丁兴旺,脸上有光。更重要的是各个族系中暗里都有一种比拼,这种比拼大家口上都不说,心里却明镜似的。你看吧,坟场上的人个个穿得光鲜,打扮时髦,精气神十足,好像世界上数他最优秀,也数他最幸福。在这种比拼中哪一个族系的人也不会从心里认输。甲家族的人看看周围,心里说,瞧,就数我们家族的官多,两个副县长,三个局长,一个乡镇书记,还是那个当副市长的三叔太忙没回来,这可是十足的官宦之家了,心里自豪得早已忘记了他自己还是个农民工。乙家族的人扫视一下自己的族人,好家伙,大小企业家有十来个,家产过亿的也有四五家,坟场外停的宝马,奥迪,奔驰还都不是我们家族的,这才叫牛气!丙家族的人则想就数我们人多了,有钱不算富,有人不算穷,啥叫人丁兴旺,再过十年看看,那几个愣小子中说不准有将军也有科学家。丁家族人少也不认输,心想,常言说得好,好珍珠只要一颗就够了。

村里人叫上坟是烧纸,烧纸是庄严的事,因此做得有规有矩,先从父母爷爷这些近祖开始,一辈一辈挨着烧,每到一座坟前,长辈总要告诉上坟的人这里埋的是谁,你应该叫他什么,有碑的念念碑文,讲一些祖宗的光彩往事。一路上坟,一路讲述,尽管年年上坟都讲,但讲的人、听的人谁也不觉得厌烦,不觉得多余,好像是每年必须温习的功课。从现代到民国,到清朝,再到明朝,这一座座坟墓就串成了历史，上一次坟你就会觉得自己是踏着祖先的脚印走了几百年。最后各族系都要在老祖宗的坟前汇聚，谁早到都得等一等，因为这里埋的是全村人共同的祖先，这个村子的创始人。

这时的场景最壮观，在长辈的主持下，他们共同摆祭品，共同烧黄表纸，共同点香。然后黑压压跪倒一片，三个响头过后，人们站起来时各族系已经混在了一起，刚才的攀比心理已经荡然无存，在共同的祖先坟前，他们已经成了一个其乐融融的大家庭，仿佛大家一下子都明白这里所有的人都是一条藤上的瓜，大点小点胖点瘦点都不是问题，于是说家长里短，说庄稼天气，说城里的拥挤，也说钓鱼岛和南海问题。城里回来的人热情地散两排好烟，村里人则再三叮咛他们回城的路上开车一定要小心。

今天，此时，人们站在坟前，没有说话，坟堆上的小草在微风的吹拂下漫不经心地摇动。他们想告诉坟中的祖先点什么，但又觉得说不出口，躺在墓中的人倘若有知，他们也会惊叹今天站在坟前的这些子孙为什么一个个如此落魄。

坟外的人却知道，今天，他们的祖先将是最后一次在这里安息，他们再也不会在这里成群结队地接受祖宗的"检阅"。明天，祖坟会被迁走，这个"鬼"的"村庄"将被机械铲平，祖先们为他们"死"守了几百年的坟场就要消失了。这些祖坟将被儿孙们搬到远离村庄，远离大路，远离可能再被侵占的那个深山，那个古洼。它们将成为一座座孤坟……

孤坟野鬼在汉语里历来就透露着凄凉。

四

村东的水田，村西的枣林，房前的菜圃，屋后的老槐，各人有各人的偏爱，各家有各家的不舍。然而全村人共同的不舍，就是这口老井。

这天清晨村里人来到井台，这已是他们的习惯，每天早晨第一件事是挑水，准备好全家一天的用水，才能安心地去干别的。今天谁也没带水桶，只是前来告别，大家心里明白，这种告别其实就是一种诀别。而诀别是伤心的。

背井离乡，是一个伤心的词。井就是乡，对井的感情就是对乡的感情，即使是一个村里的人，你家吃的是东山的糜子，他家吃的是西山的高粱，但全村人吃的全是这同一口井里的水，血液里溶的也是同一口井里的清泉。一方水土养一方人，村里人一样的性情，一样的肤色，一样的乡音，都是这口水井给的。说来也怪，两家毫无血缘关系的人，只要多年吃一个井里的水，就会比别人亲得多，外出遇人欺负，就会毫不犹豫地出手相助，一个村里人闹矛盾了，吵架了，有人出面劝说，第一句话一定是"都是吃一口井里的水长大的，有什么解不开的仇，何必这样过不去！"这话一出口，双方都会说，算了吧，就看在这口井的份上。再大的矛盾也不会再计较。这是因为在他们的心里有同一口深井，他们必须给足这口井面子。

井水是清澈的，像一面镜子，走到井旁的人谁都想照照自己，在这面水井里留下自己某年某月某日的影子，八岁那年你挑着小沙罐走来，第一次在井里投下你一个小男子汉对家庭担当的纯清影子，至此你每天都来，来一次照一次，渐渐地你肩上的小沙罐变成了大水桶，于是这水井里便收藏了你青年的坚强，中年的成熟，老年的慈祥。高兴的，伤心的，兴奋的，忧愁的，那一张也不会落下。那一天，你肩上的水桶突然变小了，老井知道你快要担不动了，不久，果然有一位青年或少年来接替你了，看那脸就可以知道那一定是你的儿子或者是你孙子。这时你的"像册"封存了，就收藏在这口井里。你在这里成了历史，接替你的人在这水面上留下的是你生命的续篇。

薄的，厚的，简单的，丰富的，这老井收藏了村里每个人的一部"影集"，如果你再往前翻，再往深看，那里面有留着辫子头戴瓜皮帽，身着长衫的清朝先人，有戴着巾帽，身着盘领大袖衫的明代先祖，也有留着婆焦三搭头的元代祖宗，还有着唐装宋服的唐宋远祖，这老井满满地装着一部历史。

事实上村里人谁也没把水井当成一种摆设，人人都把它当作了自己家里的一个活生生的成员。是的，村里每家每户的那点事，哪一件能瞒得了老井。狗娃爹三天没来了，一定是生病了，要不他老婆不会拿个塑料桶来挑水，还带着一身的中药味。老白家这水桶一天来了十几趟，瞧那担水人一脸喜气，这老白家一定是给儿子摆喜宴了。春娃媳妇一定生了孩子，连水桶里都是奶腥味。喜成家要起房子吧，水桶上粘的白灰浆也不刷刷。是的，村里谁家媳妇讲卫生，谁家媳妇不爱好，这老井都知道。

今晨，此时，人们来到这里，就是要再看看水井，再一次把自己的影子投到这水面，成为他们和井水的最后一次相融，最后一次拥抱，也许他们今生再与水井无缘，然而哪一种缘分的了断不是一把钢刀，此时井底默默涌起的泉水应该是全村人的清泪。

五

这几天的夜里，村里不少人家的灯彻夜亮着。平时村里人把节省的一点电费看得比天还大，现在，心都乱了，没心思为那点电费操心了。

二喜叔把柳木把的铁锹，槐木把的铁镐擦得亮亮的捆了起来，这手头的"老伙计"千万不能丢下。老伴更不停闲，儿子小时睡过的摇篮，锅头贴的灶君爷的画像，……前几天，她还特意把河里的那块洗衣石搬了回来，几十年了用惯了，洗衣服不能没有它。这些都得带上，一样都不能少。忙完了，她还嘱咐儿子一定要把墙跟头的那些馍馍、花盏盏和几株被刨出来的花连盆都带上。她说，村子太沉重，带不动了，就带点家乡的花草，没有它们她会觉得孤闷，活得没滋味。

这是一张旧照片，拍的就是这个村子，平日里乱丢乱放，没人在意。今天小兰的婆婆拿着照片暗暗掉泪，看完了，包在小手帕中，揣在怀里。小兰两口子来到了村后的枣树林里，走到他们结婚栽的那两棵枣树旁。结婚栽枣树，寓意早生贵子，是村里独特的风俗。那天，他们在枣树上刻上自己的名字，两年后枣树挂果了，他们的儿子也出生了，于是他们又把儿子的名字也刻在树上。今晚，他们要对枣树做最后一次相拥，把自己的心事和体温传给对方……

夜深了，村前的小溪边晃动的那是谁的身影……

赏 析

《诀别》一开头便是一声惊雷，"整村子都要搬迁"这对面朝黄土背朝天的小村农民来说绝不是件小事。

城市化的脚步就像一场巨大的浪潮，当它向农村发出猛烈的冲击时，故乡将被摧毁，乡愁将被斩断，村人究竟怎么活下去？关系到整村人命运的事，谁能不迷茫，惊愕！

接着便是一幅村民惊慌焦虑的动态图，文章写得大开大阖，文章没有任何一个人物故事是主要线索，也没有任何一个故事情节在重点叙述。有的是：五哥的烟直冲冲地向前喷去，走着模特步的小狸猫让人抱走，花台的篱笆东倒西歪，宏大的坟场祭祀，水井里的一张张倒影，枣树上的几个名字，溪边晃动的身影……

这篇散文一个突出的亮点就在倾向于考察人与自然间的交互状态。作者把笔触深入到村庄内部诸事物之上，几个人物的言行自不待言，且看其笔下的诸事物："那一天也真奇怪，几只山羊恋着栏怎么赶也不肯出来，两只猪赖在圈里费了很大的劲也赶不走。""菜园、花台的篱笆东倒西歪，没有谁去扶它一把，柴薪倒了，葛藤断了，花草藤蔓有气无力地拉扯着断薪"此外还写到鸟儿们，写到一口老井的沉郁，其间融入了传统诗文常见的代物悬拟的手法。

这些都是浓缩的故事和人，是一场宏大的背井离乡祭祀仪式。作者与现实来了一次干脆彻底的"短兵相接"，切入的是农村，展开的是全村人心撕裂的情景剧，呈现了我们这个时代的伤痛以及作者的内心焦灼。

（刘香芝）

> 刘香芝，女，山西高级职业中学中学高级教师，山西省骨干教师，山西省语文学科带头人，吕梁市第三届优秀人才，吕梁市作协会员。在《散文选刊》《吕梁文学》《吕梁日报》等多家报纸杂志发表文章八十余篇。

我妈有了手机后

前些年，母亲常生病，为了联系方便，我给母亲买了一部手机，母亲便成了村里留守老人中第一个有了手机的人。

自从有了这部手机，平时病得哼哼叽叽的母亲似乎精神了许多，有时精神的还有些嘚瑟。一会嫌这刘家圪垯村静的瘆人，一会嫌村里的街路上能踢起土来，说得最多的是，要不是这死老头子拖累，早跟儿子进城住了。整天一副"在这村里简直活不下去"的样子。口里报怨，手里还得给这"死老头子（我的继父）"熬药，做饭，洗衣服，一点也不含糊。

有了手机，母亲变得特别喜欢到村里转悠。外出时，她从不把手机装在口袋里，而是用手横握着，特别像现在的年轻人，看上去很有范儿。哪里人多母亲便硬往哪里凑，走到人群里母亲专门找人稠的地方往下挤，实在坐不下，就用两个胳膊肘子推碰两边的人，硬让人家给她挪开位子。有了座位的母亲，总是把握手机的那只手放在自己的腿上，一个手指还在手机盖上有节奏地敲着，看上去是毫不经意地动作，其实我知道，母亲是装的。

母亲敲手机很奏效，村里的那些老伙伴们便迅速地把眼睛移到母亲的手机上。

"啧啧，这老婆子牛逼了，什么时候用上手机了？"便是一脸的惊讶，一脸的羡慕。

"儿子买的，三星的，韩国货。"说这话时，母亲的手指停止了敲动。把本来一句能说清的话硬生生拆成三句。接着又随口甩出一句："你们谁知道韩国在哪里？"

"谅你们也不知道！"母亲见人们摇头，直接便回了过去。接着便是"三八线"、首尔、韩剧、整容，云里雾里吹了起来。自从有了这部三星手机，母亲便对韩国的事十分关注，什么每日头条，国际新闻，专拣韩国的内容看，功课做了不少。现在就连朴谨惠坐牢，美国在韩部署萨德的事也知道。这事虽然让老婆子很生气，大骂韩国人心眼不够，但这丝毫没有影响她对这部三星手机的喜爱。每次说起韩国的事，母亲牛得就像自己是韩国嫁过来的，十足的大韩女侨一个。

这以后，母亲的话也多了起来，而且表达能力好得出奇。不论什么话题，出不了三句，保准能成功地把你的话引到手机上来。

比如有人说。这天气太旱了，什么时候能下点雨就好了。

她立刻说，你着急甚了，后天就有雷阵雨，三到四级偏南风，最高气温十七度，最低九度。我这手机上有天气预报，准得很。那牛劲好像人家气象台是专门为我们家开的。

接下来，从天气预报说到手机拍照，今日头条。

又有人说，这土鸡蛋近来不好卖。

我妈说，手机上就能做广告。

接下来，从手机广告说到微信群聊。

又有人说，这几天心里烦。

我妈说，是啊，这手机整天不是电话，就是短信，吵得人连觉也睡不好，烦着了。

接下来，微信群聊。

问题是她每天就住在刘家圪垯这样的山沟里，每天和她一起的不是穷得出不去的老头子，就是老得走不动的老太太，人家一辈子连个座机也没安过，你却一开口就和人家说手机，你什么意思。

好在村里人都是我们张姓本家，对我妈这号人从没表现过厌烦，我妈说一遍，人家跟上羡慕一遍。而且每一次都好像第一次听说似的。惯得我妈以为她手里每天握的是人造地球卫星似的。

有了这部手机，母亲似乎变得不那么小气抠门了。以前，村里人要借我们家的锄头用用都不行，说，那锄一天地得磨损多少。现在谁家打电话要借她的手机用用，母亲是出奇的大方，那可真叫个有求必应。人家通话了，她还在旁边示意人家说慢点，不要着急，不要把该说的事拉下。打完了，她还要和人家一再靠实，该说的话都说了没有，如果有拉下的，再打过去说说。说着，就拉开了要拨打手机的架势，等对方硬说实在没有要说的了，她才放了心似的走开。临走，还一定要加上一句，什么时候再要打了，你说话就是了。

因为母亲识字不多，买下手机后，为了方便她打电话，我便把家人和亲戚的手机按年龄或辈分都编了号给她存在手机的"联系人"里。我们兄妹几家的用1、2、3、4……编号。其他亲戚都用一、二、三、四……没想到常说人老了，没记性了的我妈，我只告了她一次，竟全记下了，而且准确率绝对是百分之百，打电话从没出过错。

母亲方便了，我们却倒霉了，一天晚上快十一点了，我正要入睡，手机突然响了起来，一看是我妈的电话，心里非常着急。这半夜三更的以为老太太出了什么事。

"妈，什么事？"我打开电话焦急地问。

我妈："没事，你睡下了？"

我："嗯，睡下了。"

我妈："小小他妈睡下了？"

我："睡下了。"

我妈："小小也睡下了？"

我："……"

母亲见我迟迟没话，忙说，"我没事，大概问问，你们睡吧。"说着就把手机挂了。你说我的这妈，半夜睡觉还要点名，这十一点多了，不睡觉难道让我们一家上山拔黑豆去。

第二天，孙女就打电话来了，哭丧着脸说，她正上课，老奶奶就把电话打到她的手表电话上，全班同学哄堂大笑，让老师狠狠训了她一顿，把手表电话也没收了。还再三叮嘱我一定别让老奶奶上课时间给她打电话。

还没隔两天，妹妹又打来电话诉苦，说下午快四点了，老太太打电话问她吃了饭没有，妹妹不知母亲问的是午饭还是晚饭，没法回答。一听手机里周围的人吵吵嚷嚷，就知道我妈又是在众人面前显摆她的手机了。见我不信，妹妹说，"肯定是了，一次我见咱妈在众人面前打电话，听起来一问一答很顺畅，那不时地笑，也很自然，说的好像是在城里买房子的事，我奇怪这老婆子哪来的那么多钱，还要在城里买房子。走近一看，咱妈的手机就根本没有拨号，问她为什么要这样，咱妈又是眨眼睛，又是打手势，不让我说话。"

回到家里，我妈还责备妹妹："你嚷个什么，他们又没看见我没拨号。"

"你为什么要这样？"妹妹有些生气。

"就是让他们看了，你那二婶、三婶她们几个，还有你那六爷，过去几时把咱放在眼里过。"我没想到有一部手机到我妈这里就成了这么牛气的事，而且还能用来报复人。

一个月下来，我给我妈去交话费，一查话单，六十八元，比我的仅少了四元。我想，刚有了部手机，老太太玩个新鲜，也没太在意。第二个月八十七元，都超过了我，第三个月已经一百一十九元了。我想这老太太一不做生意，又不在谈恋爱的年龄，怎么能打了这么多电话，这话费花的是我的，再这样一路飙升上去，我这只靠工资养家的人,实在是顶不住了。

于是我决定向老太太摊牌。

"这么多?"我妈一看这话费单便傻眼了。

"这也不是我一个人打的,村里人差不多都打过,有的人还打了不止一次,就数你五婶打得多,她哪有那么多事呢,话又多。"老太太像犯了错误的小学生。

又说:"陈芝麻烂谷子的事都要说,说起就没个完。"

又说:"他们花别人的钱不心疼,一个个说话慢腾腾的,跟没气了似的。"

最后说:"出了几千块买的个手机,打个电话还要再花那么多的钱,这不是剥削人嘛。这手机我不要了,你拿回去吧,当初买这破玩意做甚了!"

我妈的这智力行了吧,几乎把这事全赖到村里人和我这买手机的,还有人家移动公司身上了,她倒好像成了受害者了。

我怕老人家真的要把手机退还给我(看她当时的表情完全有可能),就赶紧转移了话题,老太太也很快顺着我的话说起了别的。再也不提手机的事,直到走,也没有要把手机还给我。

暑假了,女儿回老家看望奶奶,老太太偷偷把手机费的事告诉了女儿,说,听人说微信也能通电话,又省钱,你就帮奶奶弄一个吧。

又说,微信名字我也想好了,就叫"大脚马皇后"。(女儿笑)"你个乖孙子笑甚了,奶奶看过那个电视剧,就喜欢那娘们,就是眼睛长得小了点,要是像奶奶一样长这么大一双眼睛就好了"(哈哈,原来老太太自信的是这个)。

接着又说:"她把偷来的滚烫的煎饼揣在怀里让她落难的男人吃,自己胸上的肉都烫焦了,有多疼。光凭这一点,就应该当皇后。"看来我妈要是当了官"提拔"人也是注重道德品质的。

"她也挺会管男人。"这一点我妈也很在意。

我妈玩手机挺有天分，玩得贼溜，开始只是打打游戏，自从有了微信，老太太再不玩那个了，说那东西是没素质的人才玩的。老太太开始只会单聊，后来竟玩起了群聊，玩迷了，常常忽视了继父的存在，喊几次也不搭理。一次，继父对我抱怨说，你妈成天抱着个手机，不理我，保不准是在手机上聊上了别的男人。

一天，女儿突然接到了我妈的电话，大喊："孙女，救救奶奶吧，奶奶出大事了。"语气十分焦急，连嗓音也有些变了。

在女儿焦急的催促下，母亲稳了稳神才告诉女儿，前些时，她在微信上见了个叫"赤脚大仙"的人，觉得和自己的网名差不多，就聊开了。先还挺不错，有理有貌的，后来就发来一些下流话，我妈告诉他自己已是七十多岁的老太婆了，劝他别这样。那人不信，先是要让我妈发照片，现在又要和我妈见面，刚收到这样短信，把我妈吓坏了。跟别人不敢说，（主要是怕丢人，也怕儿女骂）就向自己的孙女求救了。

女儿："你别理他就是了"

我妈："不行呀，缠得紧着了，甩不掉呀。"

女儿："你把他拉黑就行了么。"

我妈："那样惹恼他，不会找上门来吧？"

女儿："奶奶，你傻了吧，你以为你是谁了，人家来一见你真是个老太婆子，怕连跑都来不及了。"

我妈："也是了，那可太丢人了。"

后来，老太太说，以后一见微信上那些古里古怪的名字心里就发怵。说不准那都是些流氓。

这以后，我妈是否还聊天，我不知道，反正这类事以后再没发生。倒是不久后，我发现母亲在朋友圈里发了这样一条信息：

要吃就吃天然无公害核桃，不上化肥，不打农药，不上添加剂，防腐剂。男人吃里补肾，女人吃里美容，老人吃里祛皱纹，小孩吃里考百分。

乱七八糟的，这算什么广告。

我问妈："你这广告是卖食品的，还是卖药品的?"

我妈说："反正都是好话，这广告还是我好不容易从几个地方拼起的呢。"

可以看出，就这广告老人家也是费了一番大工夫的，而且对自己能弄出这么一则广告来很得意。以前，我从来没有发现我妈有这么大的折腾劲。

不过，我妈说她算过一笔账，我家有八分核桃林地，长有二十二棵核桃树，每棵树平均产核桃三十斤，下来就是六百六十斤，每斤核桃我们这里的市场价是八元钱，一共就能收入五千二百八十元。我妈说，有这钱交手机费不在话下。

我在暗里找朋友帮她推销了一下，效果不错，我妈还一直以为是她那广告起了作用，见人就夸她那广告的神力，而且有了这钱垫着，我妈好像更"疯"了。

每天早饭后，她都要悄悄地拿着手机来到院西那间空窑里，打开手机，放着视频，学着跳健身舞，时间长了，继父产生了怀疑，就悄悄地跟踪，一天，继父从门缝里看见我妈在那间屋里伸胳膊扭腰的，狠狠在门上踢了两脚，骂道：这死老婆子是真疯了。

前些时，我妈跟妹妹说，每天出门老把手机握在手里也不是个事，她得有个包包，又说，颜色也不要太艳了，桃红色的就行。

都桃红色了，还说不要太艳了，你看我妈这说话水平有多行。

又过了几天，我妈给我打电话，说想买一身跳健身舞穿的运动服，还说，衣服不要太花哨，上面少有几朵花就行。

我真不知道我妈说的那"少有几朵"是多少朵了。

自从有了这部手机,我妈就开始讲究起来,消费水平是日渐上涨。不过,老太太说,她又托人买了十几只下蛋的小土鸡,一斤土鸡蛋能卖二十元,赶这些鸡下开蛋,一年下来卖他个四五千元不成问题。我妈说,"钱不是问题。"老人家说得很有底气,这话好像是专门对我说的,像是要打消我的什么顾虑。

我想的是,过不了多长时间,我妈的微信中一定又会出现一则出售土鸡蛋的广告,我不知道,这则广告我妈又会怎么写呢。

赏 析

一篇写人散文,看似极其普通的文字,却字字珠玑道出挚爱亲情,那个"有了手机"的"妈"让你觉得仿佛在哪里见过。

首先,文章的细节描写是看点,看看"母亲"刚有了手机的"得瑟"劲吧:没事就"到处转悠","横握"着手机,遇到人多的地方便往里"挤","挤"不下就用胳膊肘把旁人"推开"。这还嫌不够"拉风","母亲"还要有节奏地"敲"手机后盖……既没有神态的描摹,也没有人物语言的渲染,作者仅仅用了一系列的动词,就把"母亲"的这种"范儿"描绘得活灵活现,让读者如临其境,如见其人。

其次,文章运用了非常鲜明的对比手法,这让"母亲"的人物形象更为立体,更为饱满。比如,有手机前的"母亲"和有手机后的"母亲";"母亲"的潮范儿十足与村里人的好奇无知;"母亲"的刻意"得瑟"与儿女的刻意成全;得知手机巨额话费前后,"母亲"的巨大反差……

文中对比手法的运用太多太多了,这一组一组的对比,让故事波浪般曲折,让人物一点一点生动起来。

其实最重要的还是情感的朴实感人。"母亲"那让人忍俊不禁甚至捧腹大笑的行为背后，是农村人物质匮乏的心酸，是邻里间纯朴善良的温情（这在城市是少有的），是天下老"母亲"们容易满足的心态，更是让人笑着笑着有了眼泪、含着眼泪又会心一笑的人间亲情！

（刘香芝）

六叔要"逃亡"

一

六叔说什么也不肯住这新楼房了，他让儿子在老家村西的"槐子沟"口搭了个活动房，六叔要搬回老家住。

六叔这回说得很坚决，儿子不给他修活动房，他就搬到老家神驰山的破羊圈里住。

六叔的理由有些怪。

六叔说，这福我享不了。

六叔还说，我楼房住得费劲，也费命。

六叔觉得"费命"的新楼房就是城附近一个叫"枣林苑"的小区，小区是新建的移民村，那年老家被整村拍卖以后，全村人都搬到这里，说是搬进城里了，要当城里人了，其实这类型移民小区就根本进不了城，城里土地贵，寸土寸金，老板不会傻得到那地方买地建移民村，就在城西北一条叫宋家沟的大沟里的一条叫枣林沟的小沟里填沟盖楼，小区建起了，说这就不能叫枣林沟了，要叫枣林苑。

一开始，六叔就对"枣林苑"这个名字极不认可，最不认可的就是那个"苑"字，六叔是乡土秀才四爷的儿子，在村里也算认得文，断得字的人物，他老觉得这"苑"不应该是住人的地方，回到家里，打开那本老字典，一查，六叔便有话了。"怎么样，我就觉得这不对劲，字典上明明白白写着，苑就是古代养禽兽植草木的地方。住人的地方就应该叫村或者叫庄，你看这村字庄字，端端正正，牢牢靠靠，人住着多踏实，硬要叫什么苑，这不是硬把人当禽兽草木吗？什么企业家了，一点文化也没有。"这枣林苑六叔是怎么看怎么不顺眼，好像住在这里，自己真的不是成了禽兽，就是成了草木似的。

六叔曾嚷着要写一份改名请示报告，名字就叫枣林移民村，因为六叔是村里少有的文化人，年纪大的一贯对六叔很崇拜，觉得六叔的话就是真理，不过大家也只是说说。年轻人爱好时尚，觉得叫苑也挺好的了，没人理会六叔。最终小区名没有改成，就叫枣林苑，还把"枣林苑"三个大字响响亮亮刻在大门顶上。谁也弄不清是六叔就根本没有写这个改名报告，还是写了没有人搭理他，六叔不说，谁也不好意思再提这事。六叔虽然随大家一起搬进了小区，但有人问起，六叔总说他是枣林移民村的，从不说"枣林苑"三个字。

二

六叔住进小区后，整天是一脸的茫然，他对这新居有很多的不满意。

六叔说："这房子里太干净，干净得让人走都不敢走，也太整齐，整齐得叫人啥也不敢动，人住这房子太拘谨，一点也不自在，住这屋一天比我刨一天地也累。"在屋里六叔没事干，只好坐着，六叔坐了一辈子的炕，六叔坐炕习惯双腿盘起，六叔觉得这才叫坐，稳当、踏实、解乏。在这里六叔要坐沙发了，这沙发太窄，盘不起腿来，只好把双脚放在地上，六叔觉得这样坐得很虚，很受罪，没有一点坐的感觉，时间长了累不说，又觉得自己虚坐在沙发上就像个串门的客人，一点主人的感觉也找不到。于是六叔再不坐沙发了，改为坐床了，坐在床上，腿倒是能盘起来了，坐的感觉倒是有了，但老婆给他做的那个床垫实在太厚了，屁股下总有一些不实在的感觉，好像这也不是真正的坐。在六叔看来，真正的坐就是盘腿坐在老家的热土炕上，硬硬的还热热的，在这里坐不出这种感觉来，六叔突然觉得自己这一辈子再也坐不上这样的热炕了，觉得很伤心。

六叔对床不满意，还有一个原因，就是觉得这床太小，有时老两口都坐在床上，挨得那么近，六叔觉得别扭，六叔喜欢像在老家那盘大炕上那样利利索索各坐各的，保持一定距离才舒服坦然。六叔说，又不是年轻人谈恋爱，挨那么近干什么，要是有人敲门，六叔就推老婆一下，让老婆坐在床沿上，自己也赶紧躲在床的另一边，老婆抱怨六叔住了新房就嫌弃自己，六叔瞪着眼说，蠢货，我要嫌弃你早把你打发了。

最让六叔闹心的就是那地板，地板是全釉的，乳白色，每块0.8米见方，匠人手艺好缝儿铺得几乎看不见，老婆擦地板比洗脸还用心，每天要趴下用毛巾擦得贼亮，而且每次擦地板准要六叔坐在床上，地板不干不让他下地，六叔虽然憋得慌，看着老婆那么认真也就认了，地板总算干了，能照出影子。看着地板，六叔犯愁了。这么漂亮的地板叫我怎么走呀，六叔说这么好的东西就不应该踩在脚下，六叔害怕弄脏这么好的东西，自然减少了在地上走动，沙发又不喜欢坐，只好坐在床上。要上厕所了，要吐痰了，要抽烟了，这些事都得去卫生间，六叔是非下床不可，一走到地板上，六叔就不自觉地把自己的身体往上提，六叔走得很轻很轻，生怕弄脏地板，六叔说，这不是我住房子，明明是房子住我，这他妈比蹲监狱也难受。

六叔不明白人们为什么要把房子弄得那么干净，过去在村里，窑洞的地是土垫的，好一点了也就用砖铺铺，脏了，扫帚一扫，虽然没这地板亮堂，也干干净净，住得也随意，也舒适。六叔这时很怀念他当年的砖铺地和扫帚把。

再就是那个马桶，这事六叔是又憋气又说不出口，六叔肚里急，但一坐在这个马桶上，一想到这么漂亮的东西就当了茅厕，六叔怎么也拉不下。六叔只好站起来，刚站好肚子又急了，这样来来回回折腾好几次，也无济于事。六叔只好出门，下楼，急急忙忙走出小区，蹲在一个小沟里才算解决了。住在新房快一年了，六叔没有用过一次马桶，一天在小沟里六叔碰上了同村的秋愣爹，一问才知道这秋愣爹与自己犯的同一个毛病，六叔想，看来坐在马桶上屙不下的不只我一个，心里的那种不得劲才平和了些。

三

　　六叔是村里有名的勤快人，六叔从不闲着，晴天是晴天的事，雨天是雨天的活，六叔安排得井然有序，做了一辈子，一下子躲在这沟里"坐床"，六叔受不了，六叔说，这叫等死。

　　六叔住在六层，每天上下楼坐电梯。六叔坐电梯，呼呼上去了，呼呼下来了，刚开始六叔觉得新鲜，时间长了，六叔觉得这也不是什么好事。人的力气该使就得使出来，就这样会把人憋死，也会把人惯坏的。再说，人活着就不能光为省力气。

　　六叔决定再不坐电梯了，改为走楼梯。这楼梯几乎没有人走，六叔不介意，六叔走楼梯也不闲着，一边走一边数，一天上来下去走几次，六叔就数几次，每次数字都一样，时间一长六叔就数烦了，后来六叔改为念口诀，口诀就四个字，生旺气绝。六叔每走一个台阶念一个字，六叔要看最后一阶会落到哪个字上，念来念去整个楼房台阶最后一步都落在了旺字上，六叔说，这匠人不错，也还讲究这个。

　　口诀念多了，也腻。一天六叔突然发现这楼梯没人走，也没人打扫，漆黑的大理石台阶上蒙着一层尘土，六叔觉得这真是糟蹋了这么漂亮的黑石头。于是回家拿了扫帚，从六楼扫到一楼，扫完了六叔才知道这么细腻的东西是用扫帚扫不干净的，于是又拿出了墩布，六叔从六楼倒退擦，一直擦到一楼，台阶瓦亮漆黑，六叔很高兴。他上楼走到自己家门口，想回头看看自己的劳动成果，结果发现刚擦了的楼梯上印有一行脚印，比不擦还难看，六叔怨自己不长脑子，只得再倒退着擦一次，这样来回折腾，六叔累出了一身汗，外面天气冷，六叔怕自己感冒了，没办法，只得扛着墩布，手提上鞋子走上楼来，赶进家里时，袜子弄湿了，也弄脏了家里的地板。六叔一脸懊恼，骂一声，这楼房真他妈的难伺候。

四

天暖了，六叔想出来坐坐。

小区院子全部用水泥路面砖铺了出来，红的绿的灰的拼成了各种图案，蛮好看的。

六叔找到了一个水泥台阶，台阶上有一层灰尘，六叔用口一吹，吹起的尘土弄他一头一脸。六叔觉得很丧气，抬起头来才发现停在院子的汽车把手上都夹有花花绿绿的广告纸，六叔走过去，刚抽广告纸，汽车的报警器便大叫起来，着实把六叔吓了一跳，等他定下心来，也没发现有人怀疑他偷车，才把广告纸铺在台阶上坐了下来。

小区内车倒是不少，但没有一辆档次高的，开车的大部分是一些年轻人，一出门媳妇跟在后面，一上车黑眼镜一戴，头扬得老高，牛得跟王老五似的。六叔知道，这些年轻人都没事做，进城了地也看不上种了，就用企业给的土地补偿款买了个车，成天出去逛游，六叔想，这哪是过日子的样子。

提起过日子，六叔便忧心忡忡，祖祖辈辈当农民，就有种地这么点本事。搬进城里的小区里，住的是好了，可人活着不只是光住，还要吃，离地这么远，赶去了地就往回走的了，这庄稼作务不好，一家大的小的吃甚呀。

小车走了，摩托走了，小区里又恢复了寂静，六叔不愿多想这些烦心事，就盯着一座座楼房看，楼房大同小异，没多少看头，六叔便想楼房里的人家。六叔记得，二单元六层右户住的是秋愣爹，这老东西窝在屋里作甚，他那桶粗的两条腿肯定盘不回去，坐床的本事他没有，肯定在沙发上坐着，坐久了我不信他能受得了。秋愣爹的下户是小兰的婆婆月季，月季年轻时漂亮风骚，撩得他几次动了心思。可因为他胆小，一直没敢来真的。现在人都老了，月季脸上的皱纹像蜘蛛网一般。入住那天，她高兴得还像个孩子，上楼梯时屁股还一扭一扭的。前几天路上见了，也是唉声叹气，一脸愁云。六叔想这老东西就是站在山梁上喊歌的料，野得像头母山猪，闷在这楼里憋不死才怪。说不准现在也和自己老婆一样趴在地上擦地板了。二喜兄弟腿脚不好，选了个一层的住房，这老弟从小财迷小气，破罐烂箱子也当宝贝，我就不信他坐在那么漂亮的坐便器上拉得出来。

隔着窗户想别人家的事，六叔觉得自己太无聊，一辈子不爱管别人的闲事，现在怎么这样犯贱。楼房不看了，心事也不想了，六叔就看小区两面的山，东山一群麻雀飞到了西山，落在了西山的树上，不一会又有一群从西山飞来，每群鸟儿飞过，六叔都要看它们究竟会落在哪棵树上，有时，六叔想这群麻雀应该会落在山顶那棵大杨树上。可麻雀们偏不，都落在了地畔的那棵小槐树上。这时六叔很失落，骂道：真是一群笨鸟。如果偶尔让六叔猜对了，鸟儿落到了他想让落的那棵树上，六叔心里就会特满意。"噢，就应该是这样，良禽择木而栖。"六叔毕竟是村里的文化人，还知道良禽择木这个成语。

每当有了这种心情，六叔就盼着有一群鸟落到这院子里来，在村里时，麻雀是六叔家的常客。叽叽喳喳，吵得六叔心烦，刚赶走一群，又有一群飞来，赶都赶不完。而今，六叔倒想让它来吵吵，可人家还不来。一天，六叔终于盼来了几只，虽然不多，但六叔很高兴，六叔静静坐着不敢动一下，生怕惊飞了这些稀客。麻雀蹦蹦跳跳寻找着什么，光光的水泥砖院什么也没有，麻雀们很失望，连六叔一眼都不看，扑棱棱飞走了。至此之后，很长时间这院里再没有飞来过麻雀，一天早上，六叔起得早，只见远处飞来一只喜鹊，喜鹊双翅后敛，直冲院子而来，六叔很高兴，六叔盯着喜鹊眼睛转都不转，快到楼顶了，喜鹊突然张开翅膀两个爪子只在楼顶的边墙点了一点，连一声都没叫，箭一样飞上了天。这让六叔失望得一塌糊涂。

五

　　六叔执意要走，儿子女儿轮番劝说，六叔就是不听，六叔的儿子没辙了，要我去劝劝他爹，六叔的儿子告诉我，他觉得这老爷子最近有些不对劲，不是呆呆地看鸟飞，就是和麻雀说话，要不就是神神道道地追着蚂蚁跑，一再嘱咐我仔细看看，老爷子是不是得了老年痴呆。

　　见了六叔，我才知道了追蚂蚁的事。

　　自从六叔发现麻雀们不来这个院子后，六叔很失落。六叔想，难道这院子活着的除了人就什么也没有了？如果这么大的小区真的活着的只有人那还有什么意思！每天散步时六叔总要观察，有时是刻意寻找，看看这院子里有什么活物。几天过去了，什么也没有发现，六叔很懊。一天，六叔终于发现了一只大蚂蚁，六叔有点兴奋，蚂蚁前面跑，六叔跟在后面，一来怕它跑丢，二来想看它究竟要去哪里，会不会有个蚂蚁窝，有一群黑压压的蚂蚁，跟久了，六叔突然发现了问题，这蚂蚁跑起来一会向东，一会向西，根本没有什么目标，而且跑得很快，行色匆匆，看上去有些焦虑，有些着急，有种逃命的感觉，六叔对蚂蚁太熟悉了，它们从蚂蚁洞里钻出来，先要站在那里定一定，触角四面摇摇，确定前行的方向，目标确定了爬得也快，但很镇定，跑一会儿总要站住，好像在思考什么。六叔突然明白这水泥院子严严实实，连个缝都没有，哪会有什么蚂蚁窝，这蚂蚁不是大风刮进来的就是进院的人带进来的。六叔想这么大院子，这蚂蚁要是爬不出去，非死在这院子里不可，于是六叔就动了要救蚂蚁的念头，他急忙走上去，轻轻把蚂蚁捏在了两个指头间，他感觉到了蚂蚁的反抗和挣扎，六叔出了大门，跨过公路，把蚂蚁轻轻放在了路边的一块地里。落了地的蚂蚁并没有急着走，它爬在地上定了定，触角四面一摇，才徐徐前行，走得很镇定。

六叔的儿子听了这件事很生气，责问父亲是脑子出了问题还是变成了孩子，说六叔这样太丢人。六叔一听火冒三丈，喊道，放屁，怎么了，你的是命，蚂蚁就不是一条命了。老子就是贱，从小就是和花呀、草呀、鸡呀、狗呀、蚂蚁们活过来的，没有它们老子就活得难受，你有本事把世界上的这些东西都弄死，看你们活得还有什么滋味。儿子见父亲真发火了，就不敢再出声。

我断定六叔铁了心要走，一定是在他送走那只蚂蚁之后，我也断定，六叔很正常，并没有得什么老年痴呆，我不知道应不应该劝他留下，即使要劝他别走，我也不知道该从何说起。

赏 析

这样的"六叔"你身边有，我身边也有。这样的"六叔"倔强也可爱，这样的"六叔"犟气却真诚，这样的"六叔"你爱他，却拿他没办法。

　　作者用琐碎却真实的细节写出了"六叔"的内心矛盾。"六叔"不肯说"枣林苑"的轴,"六叔"对新房没有归属感的伤心,"六叔"对"等死"般的闲着的无奈,"六叔"盯着喜鹊看的孤寂,"六叔"追着蚂蚁看的"变态",这些虽然都只是生活中的小细节,但作者捕捉得十分精准,让我们随着作者的笔触,体会到了"六叔"的内心,体会到了作者的良苦用心。

　　文章感情平实且真挚,读这样的散文让我们笑着笑着会突然沉默。如文末一句"我不知道应不应该劝他留下,即使要劝他别走,我也不知道该从何说起"。我们爱"六叔",我们更希望"六叔"能够快乐,但是我们却不知道该怎么样让"六叔"快乐。这末尾一句极具深意。

　　作者写作很善于站在读者的角度。本文题目就极具吸引力,"逃亡"两个字紧紧地吸引了读者。开篇写"六叔"要住活动房,甚至破羊圈,也不愿意住城里的楼房,为什么?紧紧抓住了读者的心。接下来作者让有趣的"六叔"带着我们去游走,感受"六叔"的生活状态,最后很自然地引发我们去思考。我们该怎样去爱"六叔"们,"六叔"们真正想要的是什么?这是城市化对农村冲击带来的新课题。

(刘香芝)

一个女人和一口铁锅

  我说：老人家，听说你的那口锅很有故事，你能讲给我听听吗？
  她说：讲故事可以，但你不能白听，你的先叫我一声大姨。
  这要求不算太高，协议很快达成。
  于是我便有了这样一位九十六岁的大姨，就有了大姨这口锅的故事。
  大姨：雷玉兰，中阳县阳坡村人。

——题记

一

  大姨说，女人就是一口锅，这锅总得有个灶台安，安到谁的灶台这要看女人的命。女人的命好坏，得揭开锅盖看锅里煮得东西。命好的煮个粉条猪肉什么的，命不好也就能煮点粗糠野菜，实在没煮的了，女人就该死了。女人的命就是在锅里煮着。
  大姨这口锅是实打实生铁铸的，是正儿八经的一口黑锅。锅大，也厚，也深。因为年代太久了，锅底横七竖八有不少裂缝，也有几道铁疤。铁疤是小炉匠补上的，在农村锅烂得裂缝大了，就得请小炉匠修理，小炉匠这种手艺人又不是村村都有，遇上小裂小缝小炉匠来不了，就得自己处理。大姨就有修理这裂缝的一手绝活。

一天，大姨正烧饭，嘣，锅底裂了个小缝，漏下的水浇灭了灶台里的火。情急中，大姨抓了一把莜面，拌了些许麻油，和成面泥，用力抿入锅缝，锅居然不漏了。大姨说，家里的东西什么都可以烂，就裤裆和锅底这两样烂不得，裤裆烂了这人丢不起，这锅烂了就得挨饿。

大姨能干这修锅的活，村里的女人就觉得大姨很有本事，谁家的锅烂了，就去请大姨，每次，大姨支走请她的人，说你回家等，我马上就到。大姨抓一把莜面，拌些许麻油，拿着面泥去修锅，大姨熟能生巧，三八两下就鼓捣好了，女人们少不了几句感激奉承的话，大姨听得很享受，临走也少不了她那两句"家里的东西什么都可以烂，就裤裆和锅底这两样烂不得"的高论。

女人们听得直点头，觉得大姨实在了不起，怎么能说出这样有学问的话来。我问大姨，修锅这么简单的事，你教给她们就得了，省得你又贴东西又贴工夫的。大姨摆摆手连忙说，那可使不得，贴东西是小事，可你大姨还就凭这个在那些婆娘们面前牛逼牛逼。说完，大姨笑了，笑得有点憨，也有几分得意。

二

大姨这口锅是有名堂的，大姨先说是她出嫁时父亲给她的，接着又改口说，是她跟父亲要的。

说起她的爹，大姨很自豪，大姨说她爹不但口才好，用现在娃娃们的话说是帅呆了。大姨见我笑，忙说，你别不信，听听我爹的故事，你就知道他有多帅，我爹出生在财主家，是有名的浪荡公子，年轻时，常常走村串乡，专门瞅眼哪个村里有漂亮姑娘，遇上心仪的，一阵胡侃就把姑娘降服了，心甘情愿为他宽衣解带。逛窑子，包姑娘，一直风流到三十四岁还没成家。大姨说，我爹"帅"得不"呆"，能"浪"得起来！不信你试试！大姨这话让我大失自尊，想，在大姨眼里，我一定长得很不像样子。

大姨爹的舅舅是当地有名的乡绅，看到外甥不务正业，耽误了婚事，心里着急，就去远乡的一个朋友家保媒，硬把人家的姑娘许配给自己的外甥。到结婚时，姑娘一家才知道这女婿整整大了自己的女儿十七岁。虽然心里骂这乡绅不是个东西，但事已至此，也只能认命。大姨爹三十四岁娶了个十七岁的黄花闺女，这老牛吃嫩草的事让大姨爹骄傲了一辈子，也让村里的男人们羡慕了个一塌糊涂。

没想到这十七岁的小媳妇极有手段，把这三十四岁的浪荡公子管了个服服帖帖，大姨爹的聪明从此用在了正事上，几年工夫就把家拨弄成远近出名的大户。到大姨十七岁那年，大姨爹给她的两个女儿准备好了尚好的嫁妆，就在大姨要出嫁的两天前的晚上，家里遭了劫匪。大姨到现在也不明白，是家里树大招风，还是爹在外面有什么仇家，这伙劫匪蒙着面有三十来人，有驾着马车的，也有赶着毛驴的，大姨第一次感觉到枪口顶着自己背心的恐怖，她知道只要拿枪顶着她的那个人指头一动，自己就不是过两天坐在花轿里的新娘，而是躺在棺材里的一具尸体了。她心跳到快要跳不动了，腿软得难以迈开，这时，一直规规矩矩举着手表示不会反抗的父亲突然把她向前推了一把，自己走了过来，让那杆枪顶住自己的背心。劫匪并没伤人，只是把他们全家赶在了一间空房里关了起来，顶她的那杆枪一直在门外晃动。

折腾到半夜，劫匪走了，家里是挖地三尺，洗劫一空，大姨爹蒙蒙地说，那不是劫匪，是县里警备队的人。再问，他就什么也不肯说了，这件事大姨爹一生再不曾提起过，大姨觉得爹好像什么都明白，只是不愿说出来。

最要命的是大姨要嫁了，两套嫁妆都让劫匪抢走。大姨爹说，借点钱，给女儿补办些嫁妆吧，大姨死活不同意。父女俩争执了半天，大姨说，"爹，家里遭此劫难，女儿也帮不上什么大忙，你要是实在过意不去，就把那晚关咱的空房中那口锅给我，有口锅女儿走到哪里也不会饿死。"

父亲没了钱，底气也不是那么足，又拗不过女儿，就把那口锅做了女儿的陪嫁。

两天后，大姨就成了庞家会村一个叫许思浩的小伙子的媳妇，那口锅也就成了许家灶台上的一件灶具。

三

嫁给许家的第二年，这位小大姨一岁的丈夫就走了，村里人说，许少爷是跟着部队走的，先在柳林，后来过了黄河到了陕西，跟了胡宗南的部队，听说还上过什么军事学校，再到后来就没有一点音讯了。

严格地说，大姨在许家只当了一年的媳妇，大姨的婆婆是许家老爷的小老婆，是出了名的刁钻女人。一次她指着大姨说，我儿子回来你就是媳妇，我儿子不回来你就是个丫鬟。

对这位婆婆的刁钻，其实大姨一进许家的门就领教了，当年，在大姨的婚礼上，当着众人的面婆婆就指着大姨陪嫁的那口锅说，贵价的贵看，贱价的贱看，我家这媳妇就值一口锅的钱。

于是，就在结婚的那天晚上，大姨便干起了进入许家后的第一件活，给婆婆"请"尿盆。尿盆里都是些乱七八糟的脏东西，一看就是有人专门搞的，大姨没有想到是婆婆有意为难她，把尿盆刷得干干净净后，给婆婆提了回去，她不敢看婆婆，低着头退了出去。

于是，在结婚的第二天早上，大姨便干了进入许家的第二件活，把婆婆的尿盆"请"出去，婆婆是一个爱吃肉，爱吃辣椒又抽烟还很少喝水的女人，体内火重，尿呈褐红色，骚臭味很大，大姨提尿盆骚臭扑鼻，几乎呛得吐了出来。大姨憋着气跑到厕所，便是一阵干呕。

于是，整个许家的家务事全部压在了大姨的身上。大姨说，她每天做的事有剥葱捣蒜，缝衣补缀，洗锅做饭，调泥捣碳。大姨没有过任何的懈怠和反抗。因为大姨在许家只值一口锅的价，因为大姨的男人不在家，因为大姨的男人不在还七八年没有音讯。有这么多因为，大姨说她活得没有底气，她只想当好这个丫鬟，将来得到丈夫的认可，等丈夫回来好由丫鬟转变了媳妇。大姨相信自己的男人肯定会回来的。

大姨等了十年，没有等回自己的丈夫，却等来了一支部队，这支部队叫解放军，说要攻打中阳县城，大姨没见过打仗，她知道打仗要死人，也知道在部队少不了打仗，就想知道打仗是怎么回事，是不是要死很多人。攻打中阳那天，她把梯子架在窑壁上，正好望见县城的城墙，一阵机枪响起，城墙上守城的士兵倒下一排，又一阵枪响，爬在云梯上登城的士兵掉下去一片，远远看去，就像城上往下扔麻袋。大姨看得心惊肉跳，心想自己的男人会不会也像扔麻袋似的被打死了，大姨跑回屋里，脑子里一片空白，躺在炕上直流眼泪。第二天，村里召集妇女要去护理伤员，大姨怕看见那些瘸腿断臂的伤员，也怕由此想起自己的男人，一早便躲在胡萝卜窖里，直到晚上才偷偷爬了出来。饿得连腰都直不起来。

中阳打下来了，村里闹起了土地改革，土地改革时有一句著名的口号是：地主恶霸，打死不怕。大姨的婆家是当地有名的地主，自然在"打死不怕"行列，村里每天传着这个村的地主被火柱烫了，那个村的恶霸让活埋了的消息，弄得大姨的公婆提心吊胆，惶惶不可终日。

大姨这时很感激父亲的远见,当年父亲有钱,在村里办了冬学,父亲就让她姐妹一起跟着男孩上学,现在竟成了庞家会村几百妇女中唯一的认字人,土改需要识字人,更需要认字的妇女,大姨就被指定为妇女队长,妇女队长没什么事干,也就是登登记、填填表、写写画画、收收发发一些事。大姨做事认真,对人真诚热情,领导很认可。一天,村长跟大姨说,回去让你公婆起个带头,把浮财交了,弄个开明绅士,也可免去皮肉之苦。

　　其实大姨压根就没把那妇女队长看得有多重,开始是图个新鲜、自由,她只想丈夫回来,自己当个媳妇,安安稳稳过日子,因此,她必须维护这个家,她想如果村长让办的这事办成,这可是为许家做了一件大好事,说不上救了这个家,也应该是不小的功劳。大姨回家把村长的意思告诉了公婆,恐怖中的公公婆婆好像看到了救星,第二天一早就拿了些大洋、元宝之类的交给了村里(大姨说,肯定没有全拿出来),大姨动员家里交浮财的事很快就传开了,村里开会表扬说许家带了个好头,许家公婆也成了开明的绅士,成天提着的心才安了下来,许家避免了一场劫难。

　　正如大姨期盼的那样,婆家人果然真对她好了起来,婆婆再不提那陪嫁铁锅的事,也不整天对她拉着脸,饭前饭后也会跟她聊上几句,吃饭也让她上桌了,有一次,婆婆把自己正抽的烟袋咀用手一抹,笑着递给大姨,让她抽上几口,说这样会解乏。这一切让大姨感觉到了从未有过的满足。

　　婆婆对大姨的好,让大姨常常检讨自己是不是以前做得不够好,甚至想到自己还有一次给过数落自己的婆婆白眼,也怨恨过婆婆,觉得实在不应该,内心里便有了满满的歉意。眼看过了半夜,怎么也睡不着,大姨以为是自己想得兴奋了,便想努力克制这种兴奋赶快睡觉,不能耽误了明早给婆婆倒尿盆,这种克制不但没起作用,接着是又流泪又流鼻涕，还出现视力模糊，哈欠不断，身上发冷，大姨以为感冒了，吃了些感冒药也不起作用，随后大姨觉得心跳得特别厉害，又要拉又要吐，肌肉关节也疼了，便惊恐不安浑身震颤起来。大姨觉得自己快要死了，挣扎着爬到婆婆的门前，怎么敲门也没人回应，大姨只得爬回自己屋里，整整折腾了一夜。第二天早晨，婆婆开门进来，什么也没说，就给了大姨一根烟袋，大姨抽了几口，浑身感觉特别的舒服。这一切大姨不懂，几天后大姨无意与村里人说起，村里人告诉她，你这是洋烟瘾发作。

这样发作过几次，大姨吃洋烟的事传遍了村里，村干部再没有喊她去做事，村里人看大姨目光怪异，大姨才开始觉得婆婆的烟里有问题，又不敢去问，大姨每天暗地里以泪洗面，为了弄清真相，大姨天天晚上偷听公公婆婆说话。

一天晚上，大姨刚刚站在婆婆的窗外，就听到里边的对话。

公公问，你为什么把老大家弄成那个样子。

婆婆说：这老大走了十年没音讯，肯定是打仗死了，老大死了，儿媳妇迟早要走，现在共产党不让雇丫鬟，再说我们也雇不起了。哪里还能找下这么勤快的人伺候你我，现有她上瘾了，就得由我控制。她这洋烟鬼的名声出去，哪个男人还敢要她，有这样个能当丫鬟用的媳妇还是很划算的。

大姨爹知道了女儿惹上毒瘾的消息，急忙赶到了大姨家，当大姨告诉了父亲这一切，大姨爹和大姨的婆婆大吵一架，无奈只得把女儿带回娘家去戒毒。

四

对大姨的遭遇，大姨爹深深陷在自责中，他怨土匪抢了自己的家，怨自己昏了头没有借钱给女儿置办像样的嫁妆，怨自己不该听了女儿的话只给她陪嫁了一口铁锅，这才让婆家这样看不起自己的女儿，把女儿弄得这么惨。

两年后，在父女的共同努力下，大姨的毒瘾终于戒掉了，不久又传来了大姨丈夫的消息，大姨的丈夫没有死，还变成了解放军，当上了一个小军官。大姨丈夫所在的部队就驻扎在西安。

不需要任何理由，第一个应该去西安的自然是这嫁到许家十七年守了十六年活寡的媳妇大姨，大姨的婆婆让小儿子护送她，坚决不让大姨去。理由是家里穷了，没那么多盘缠。大姨爹彻底火了，说，女儿的花费我自己出，但西安必须去，谁再阻挡，我先去政府告你土改隐瞒财产和诱骗我女儿吸毒的事，等该坐老监的进去了再看谁去西安。这话一出，许家蔫了，大姨才得以成行。

完全可以想象，他们这一路的别扭，路是赌气走的，宿是分开住的，花钱还是"玩"的"AA制"，婆婆只管他们母子的花费，大姨的花费还得自己出。过风陵渡了，渡口查得很严，如遇携带违禁物品的，东西没收，人要带回公安局审讯。这时，走在前面的大姨突然觉得婆婆给她手里塞了东西，一看，是两块大洋。渡口木牌上明白写着，大洋是排在枪支弹药、烟土之后的第三类违禁物品，大姨知道婆婆的意思，把大洋放在绿绸手帕里，填在口中边吹着绿手帕玩边大摇大摆地过了渡口。不出大姨所料，刚过渡口婆婆便要去了那两块大洋。

后来事情的发展大姨的婆婆没有料到，许思浩认了自己的妻子雷玉兰，一年后生下了儿子许天祥。

再后来事情的发展又该是大姨自己没有料到的，她和儿子的遭遇竟演变成了一个传奇，这段传奇的梗概是：许思浩调驻天水，母亲随他而去，大姨母子留住西安，靠当保姆补贴家用。年后，大姨携子天水寻夫，丈夫已从部队转业，与母回到故乡中阳。

不用任何修辞，这故事已够精彩，再下来事情的发展让我想起了一出古戏《铡美案》，地点不在宋代皇宫金殿，而在当代天水的军营门前，放声哀号的不是秦香莲，而是我的大姨雷玉兰，秦香莲吉人天相遇到义士韩祺，大姨雷玉兰只能再回西安当保姆，等赚够路费后才回到老家。

到了这里，这个故事也该结束了，可叹的是大姨的结局并没比秦香莲好到哪里，当年包拯大喝一声狗头铡伺候，秦香莲的冤情大雪，回老家抚育儿女去了。而大姨在法庭上也只提了个儿子的抚养权和抚养费。尽管被许家激愤了的工农干部法官指着大姨大喊，你这婚离得真他妈窝囊，今天你再提出什么条件老子犯错误也会答应你，但他也只能割了那张许家母亲渴望的离婚证。当许家母子拿着离婚证笑眯眯地往家走时，大姨正怀抱两岁半的小天祥，背着那口她爹陪嫁的铁锅，不知该到哪里去。

五

不到一年，大姨的前夫便中断了儿子的抚养费，大姨又没有工作，孤儿寡母实在过不下去了。这时大姨突然觉得自己非常需要一个男人。

就在这时一个十分需要女人的男人走入了大姨的生活。

这个男人叫高中厚，县供销社职工，高中厚是陕西人，从部队转业到中阳，先是打仗没机会后来到了中阳又人地两生，三十多年了还一直单身。

我说，大姨这回应该是找到爱情了吧，大姨说，不是，只是需要，两个人都需要。

第一次见面。大姨说，我得有人养活，孩子得有个爹。高中厚说，我能养活你，我也得有个儿子。

大姨说，听说你要回陕西，这样我就不能跟了你。高中厚说，你要是跟了我，我就不回陕西了。

我问大姨，你们这算是谈恋爱吗？大姨说不是，更像是谈判，两个人之间的谈判。

就这样谈判后，大姨就把她的那口锅搬来，安在了高中厚的灶台上。

我说，就这样结婚了？为什么？

大姨说，合适，两个人都觉得。

我不知道这合适里有没有情，有没有爱，这么简单，这么直接，这么随便，太有些漫不经心了吧，也许大姨觉得这些都不需要，只要合适就够了。

这时我不得不问，你们互相有承诺吗？

"有，我答应给他做饭，他答应给我洗锅"。大姨见我笑了，忙说，肯帮女人洗锅的男人就能靠得住。大姨说得很肯定。

大姨记得很清楚，老高这句话是结婚那天吃完她做的第一顿饭后说的。

大姨对那顿饭颇为在意，吃的是中阳水花猪肉菜，白面水花是当地结婚过年祝寿时吃的专门食品，象征着长长久久。老高吃了两大碗，吃得狼吞虎咽。老高说这是他一生吃的最香的一顿饭。吃完饭看看锅台上那口锅，老高说，过去当兵打仗吃的是行军锅里的饭，后来转业了吃的是机关灶上的大锅饭，他从来没有属于自己的一口锅；也没有一个女人专门给自己做饭。老高说这话时几乎流了泪，说完，老高挽起袖子就动手洗锅，边洗边说，以后你只管做饭，这锅我来洗。这事就这么定了。

老高是军人出生,说话干脆算数。这锅一洗就是十几年,老高在外是一个火暴脾气,常跟人吵嘴,但在大姨面前很乖,从来不发火。时间久了,老高洗锅成了习惯,一顿不洗就浑身不舒服。一天晚上老高串门吃饭回来时,大姨已经把锅洗了,老高觉得像短下个什么似的浑身不自在,但又想不起来,直到睡下心里老打鼓,怎么也睡不着,当他突然想起来是自己今天没洗锅时,急忙穿衣服,下炕,找了块干抹布把锅里里外外抹了一遍,才放心地睡下,马上便呼呼睡着了。

女人的心是最说不透的东西,说硬,铁也比不得,要软了就像深秋的飘雪,风就可以把它吹化。女人的心一旦被一个男人融化了,女人就成了世界上最蠢的动物,你需要她的肝,她会连心都给你挖出来。大姨对老高说,给你生个孩子吧,老高说,太好了,生吧!于是就生了,是个女儿。大姨说,可惜是个女的,老高说,一样。大姨说,再生一个儿子,老高说,不用,天祥就是我的儿子。大姨流泪了,她把天祥放到老高怀里。说,我的这口锅既然安在你的灶台上,我就是你的女人,天祥也就是你的儿子,天祥从今天起就姓高了,就叫高天祥,老高抱着天祥哭了。

大姨记得,那天老高上班前抱了抱儿子,亲了亲女儿,是哼着"高楼万丈平地起"走的。下班老高没有回来。大姨死也不信,老高会被牵扯到这样一个案子里。老高单位丢了六百元钱,有人举报是老高拿了,六百元钱在当时就应该是个大案,于是公安局就把老高抓进监狱。各种刑法都用了,老高就是不承认。

一直生活了这么多年,大姨自信对老高是十分的了解,老高是部队转业干部,工资高,除了火暴脾气爱得罪人外,老高一不缺钱,二不贪财,打死她都不相信老高会干出这种事来。一天单位领导来找大姨,说他们也认为这事不是老高干的,说只要大姨肯交那个钱,他们就会撤诉,老高也就没事了。大姨救夫心切,东挪西凑借了六百元交了上去。没想到却坐实了老高的犯罪，很快就判了刑。原因很简单，如果老高没拿这钱他老婆怎么肯把这钱交出来呢？

大姨怨恨自己不长脑子，就这样被人捉弄了，大姨觉得是自己害了老高，几年都不敢去监狱探视，背着个罪犯家属的罪名，带着两个孩子苦苦度日。两年后，大姨接到通知要去监狱接丈夫，这时的丈夫已经病得不成样子，大姨用平板车把丈夫拉回家里，抱着老高大哭一场。

老高并没有抱怨大姨，还不断地安慰她。一天吃过饭，老高说他想帮大姨洗一次锅，大姨拗不过他，只得把锅搬到老高躺着的灶头，老高挣扎着坐起来，加水，洗锅，擦干，老高洗得很慢。很认真，洗完了，朝大姨笑笑，便静静地躺下。

就在那天晚上，老高离开了这个世界。大姨流着泪，没有让自己哭出声，像个罪人一样跪在老高身边。

六

城里是实在没法待了，大小三口要吃要喝，在城里一没职业，二没土地。无奈，大姨只得带着两个孩子回乡投奔娘家。

中国有句老话，嫁出去的女儿，泼出去的水，当一个女人在两次婚嫁后，再拖儿带女投奔娘家时，这个女人一定是在外没有什么路可走了。至于那句娘家的门是随时向你开着的话，这必须是父母活着，父母不在了，偶尔走走亲戚没有什么问题，要常住下来就免不了会有许多尴尬。在中国北方的农村，娘家自古就不是出嫁女儿的家，娘家也只是一门亲戚。

由此产生的寄人篱下的感觉让大姨觉得这娘家不是自己的常住之地。再看看儿子，一天天长大，也快到了找对象结婚的年龄，不用说一间属于自己的窑洞，就是别人问起来自己是哪个村的，还真回答不上来，一想到儿子的婚姻，未来，大姨没有一口饭是顺着咽下去的。

女人大都这样，在实在没有办法可想的时候。面对"女人"这两个字，她们首先想到是这个"女"字而不是"人"。这"女"成了她们自我救赎的唯一稻草。当她们把这个"女"奉送给一个"男"的时候，这婚姻就成了一种交换，她们知道这种交换毫无尊严，但除了拼死一赌，她们别无选择，此时，大姨为了儿子，不容多想，决定把自己奉送给另一个男人。

这个男人就是青羊皮村的张维世，张维世比大姨大十多岁，人虽有几分木讷，但这老张有两间窑洞，还承诺这窑洞让儿子结婚用。对大姨来说，这已经足够了，这比他早年和高中厚结婚时那种"合适"的感觉重要得多。

青阳皮村不大，自然条件恶劣，但总算有了个家，别人问起来也不用连个村号也报不上来。老张是木讷了些，但也善良，大姨总算有了个安稳的日子，心也开始平静下来。

一天，大姨的儿子和一个村民发生了口角，这人便骂大姨的儿子是"野种"。在农村骂野种是对人最大的侮辱，大姨想这事必须彻底制止，要不这么大的孩子连一点尊严也没有，不光是抬不起头来，以后做人也很难。

大姨第一个想到的是老伴张维世，想让老张出面处理，老张说："人家要说，关我甚事，再说我能惹起谁了。"大姨知道这个男人是靠不住的一面墙，也就对他彻底失望了。

俗话说堵河容易堵口难，这个道理大姨明白，大姨也知道这事太难，但是为了儿子，为了母子们能在这村不受欺负，再难也要做。大姨说，人着急了什么歪招损招都能想出来，损也好歪也罢，大姨管不了了，大姨决定豁出去当一回恶人。这村不能待了，大不了走人。

大姨先想到的是正名，大姨决定让天祥再改一次姓。当天晚上大姨就把张家族人长辈和村干部请到自己的家里，宣布自己的儿子改姓为张，大姨说，从今晚起，天祥就是张维世的儿子，就是你们老张家的后代，谁以后再敢骂他野种，我非和他拼命不可。

　　大姨知道光有这个远远不够，于是第二天中午，她便站在村的高处放声大骂起来，大姨骂的是村里人，每天不多骂，只骂两至三家。大姨虽然骂得凶狠难听，但从不点名，被骂的人也不好接口，每天骂了谁家，晚上大姨便没事人似的去谁家串门，乐哈哈地和他们聊天，大姨是见过世面的人，口才又好，天南海北便把这村里人迷得一塌糊涂。都觉得大姨有本事惹不起。这样大姨连续骂了四天，把村里难说的人骂了个遍，也在他们每家走了一圈。村里人白天对大姨的愤怒，到晚上便变成了钦佩。看到火候已到，大姨马上收手。其实小村里的人心里并不厉害，大姨这一骂不但镇住了全村，还骂出了个好名声。再加上大姨还有一手修锅绝活，谁家锅烂了请大姨都有求必应。村里人都说大姨有本事是个好人。后来，大姨求村干部放儿子外出搞了副业。一是为了少跟村里人打交道，二是让儿子出去见见世面，长长本事，事实证明大姨这一招果然不凡，儿子天祥先后在县城两家最大的私营企业当了高管，孙子许建光的公司从中阳开到省城太原，他们在城边的庞家会盖了楼房，把大姨和老张接进城享起了清福。

七

　　最近几年，由于我和大姨的儿子、孙子都有些生意上的交往，而且关系不错，他们家的事我也知道一些。天祥的生父托人传话想让天祥认祖归宗，天祥征求母亲的意见，大姨说，你身上流的是许家的血，认祖归宗也是应该的，但你现在不能。必须等到你现在的父亲百年之后才行，两年后，张维世老人以一百零四岁高龄去世，天祥披麻戴孝把父亲厚葬于青阳皮老家祖坟。半年后天祥得到母亲的同意，在许家举行了认祖仪式。恢复了许天祥的名字。许老爷子后来生的几个儿子日子过得都不好，天祥便承担起了赡养父亲的义务，大姨也常和儿子一起去帮老爷子做做饭、聊聊天。老爷子去世后大姨来到灵前，认认真真上了一炷香，没有下磕。我问大姨，你就不恨天祥的亲生父亲吗？大姨说，以前恨过，后来不恨了，现在觉得我跟他那段婚姻，就像小时候我们俩玩了个"过家家"，后来他妈不让他跟我玩，我们就不玩了。大姨说得很轻松，我觉得大姨这话说得跟神仙差不多。

去年，大姨过九十五岁生日，儿女都来了，唱完那首生日歌，吃完了丰盛酒宴，大姨让天祥拿出当年父亲给她陪嫁的那口锅，亲手交给了她和高中厚的女儿高祥英，大姨对女儿说，你把这口锅拿回去，安在你家空房里的那个灶台上，说完大姨让儿女们都把各自手机的拍摄镜头打开，对准她拍摄。大姨说她要立遗嘱。

大姨的遗嘱我是此前在天祥的手机上看到的，大姨表情严肃，话语很硬，大姨是这样说的："不管是儿子、儿媳、女儿、女婿、孙子、外孙你们都听好了，我一生跟了三个男人，老许，我已把儿孙都还给他了，老张也跟我过了几年好日子，唯独亏欠的是高中厚，因为我他没有回陕西老家，又因为我的错送了他的一条命，我不能让他死后也在外乡当孤魂野鬼，所以我决定死后和他葬在一起，葬礼那天天祥再姓一天高，必须以孝子高天祥身份主办。一切丧葬费用都由天祥建光父子承担，不得给祥英任何经济负担。我今天说的话谁也不能违抗，能做到的现在都给我跪下做个保证。"

看到齐刷刷地跪在自己面前的儿孙们，大姨笑了。

大姨笑得很好看。

赏 析

读完这前后嫁过三个男人,"九十六岁"的"大姨"的"铁锅故事",心里非常沉重,我竭力站在一个高度,把"大姨"升华为一个普通人,"大姨"就是"铁锅","大姨"就是生活。

活着才是硬道理。

写这么一个"九十六岁"的老人,实在是像挖出了一个人生宝藏。"九十六岁"不可能没有故事,"九十六岁"本身就是故事。先后嫁了三个"男人",十七岁,初嫁,竟然遭遇土匪,然后就是十七年守活寡。人生能有几个十七年呀!

二嫁退伍军人高中厚,有老实忠厚的陪伴,"大姨"过起了一生中最"舒适"的生活。大姨做饭,老高洗锅。这"柴米油盐"的琐碎,既是大姨渴望的生活,也是老高期盼的生活,也是我们"普通人"追求的"普通生活","基本生活"。特别感叹老高死的那夜"洗锅"的细节,我的泪水流到高老的锅里。

活得竟然有点幸福了。

老高去世,苦难又到,大姨又带着他的铁锅嫁到一个叫作"青阳皮"的村子。多么像死去丈夫,被卖到贺家坳的"祥林嫂"。活了一百零四岁的第三个男人张维世平凡得像泥土,也非常像"贺老六"。

一个女人三个男人,这故事本身足够苦难,足够离奇,但大姨又绝不是祥林嫂,从大姨霸气的立遗嘱举动看到,在大姨那里,人要活得"叮叮当当",活得明明白白。

作品顽强地表达了一个人生主题:我要活下去,要活个明白!

(李云飞)

我和那棵老槐树

一

我在老家没有多少祖产，两孔旧窑洞已经破败，村里人说，别说住人了，老鼠进去也会哭着出来。能让人当个东西看的，也只有院畔的那棵老槐树。

其实，该不该称它老槐树，也是个问题。据考证，一棵槐树能活几百年，甚至上千年，这样看来，这棵才活了六十来年的树顶多还在青年期，如果是这样，硬把这"老"字强加给它，真有点把黄花闺女当老太婆看了，实在是罪过。

话又说回来了，称它老槐树也是有原因的，这棵槐树是在我出生的那年爷爷栽上的，爷爷是村里的文化人，懂得十年树木，百年树人的道理。爷爷让这棵树陪伴我成长，也可以看出他老人家的良苦用心。这样，按流行的说法这棵槐树是我的"发小"了。

我和这棵槐树都没有违背爷爷的心愿，我们都活了下来，一个也没死。我按我的人生轨迹活着，它按它的树生轨迹生长，虽然人和树各有各的世界，但我们活在同一个院子里，也应该是"哥俩"了。六十年过去了，我饿了吃，困了睡，也没混出个样子来，还是普通人一个。它也除了春天发芽，秋天落叶外，没有什么特别的表现，也是普通树一棵。可能是长得着急了点，我四十多岁就有人喊老大爷，五十岁以后"老张"就完全取代了我的名字，这树既然和我同庚，称它个老槐树也不为过，单从心理平衡的层面来说，它还年轻着让我独自老去，凭什么了！

如果把栽上它算作生日，我俩的生年就是公元一九五七年，它是农历六月初二栽上的，我是六月初五出生，它比我足足大了三天。用爷爷的话说，在我们出生的那个年代，一棵树要比一个孩子好活的多，那时候土是肥沃的，水是清澈的，空气也没有污染，再加上那年风调雨顺，槐树不但活了，而且长得很茁壮。

那年头，我的处境是无法与那棵槐树相比的。小槐树水足"饭"饱微风吹出了几分扬扬得意，而我，生下五十三天母亲就憋着奶大炼钢铁去了，吃不上奶的我饿得哇哇大哭，开始品尝到了无"饭"吃的恐惧，奶奶怕饿死我，只得熬些玉米面糊糊喂我，奶奶说，那不叫喂，只能叫灌，也许是我从小就太过聪明，那么个小东西就懂了玉米糊糊不如母乳好吃，灌进去就吐出来，后来，也许是饿得实在抗不住了，喂什么都吃。奶奶说那不叫吃，叫吞。我的聪明又一次让我过早地懂得了什么叫饥不择食。而那棵小槐树正享受着它的丰衣足食。

二

人不如一棵树，这事一直叫我耿耿于怀，小时候我常常想，我怎么就活得不如一棵树呢！想了很多年没有答案。一直到我五十岁那年，我终于把这个问题放下了。放下不是想明白了，一天，我突然觉得世界上的问题有些是让你往明白想的，有些问题就不让你想明白，太明白了倒不是什么好事，甚至是危险的。记不得是哪位名人说过这样一句话，想得太多的人永远不会得到上帝的喜欢。

也许上帝早就知道我是这样的人，很早就把它的这种不喜欢变成了惩罚。该吃奶时，母亲去炼铁，缺奶；该吃饭时，三年困难时期，缺饭；我饿得皮包骨头，头大，眼大，口大，很丑。后来前胸隆了起来，医生说那叫鸡胸，营养不良引起的，长大会影响肺活量，爷爷奶奶很害怕，我倒管不了以后的事，只想着能有一顿饱饭吃就行。

丑就丑吧，其实人的俊一生只用那么一次就够了，那就是找对象。好在我还不到找对象的时候，奶奶说长大后会长俊的，以后能不能长俊我没有在乎。在当时看来，吃一顿饱饭要比长得俊找对象都重要得多。也好在没有谁家的父母会嫌自己的孩子丑，只要不是影响一顿饱饭的事都不算什么事。

一生中我有过几次这样的体验，人最怕什么，还偏偏会来什么。那几年，我父亲死了，接着弟弟也死了，不久母亲也走了，是一种塌方式死亡。爷爷最怕的是我也死掉，只要我有一点小灾小病，哪怕是牙疼感冒，爷爷就会惊慌失措，坐立不安。偏偏这次是一场大病，是要命的那种，这场病我曾在一篇散文中写过：赤脚医生告诉我，那一年我得了急性中毒性痢疾，急需打青霉素，这种药当时很缺，我爷爷已急得乱了方寸，一进门就给赤脚医生跪下，老泪横流，央求道，我就这么一点希望了，孩子有个三长两短，我也不活了。口口声声说，我家实在不能再死人了，你就救救金厚吧。后来听奶奶说，那时爷爷只做三件事，一是白天黑夜坐在我身旁守候，二是求医买药，再就是点香磕头，家里的神位、村里的庙宇爷爷都磕过头许过愿，实在没有磕头的地方了，一天，爷爷竟给他自己栽的那棵小树跪下，爷爷对小树说了什么我不知道，只见爷爷磕完头，剪了树的一个小枝放在了我的枕头下，又把一根红布条剪成两截，一截拴我的手腕上，一截拴在那棵小树剪过的地方，爷爷为什么这样做，谁也弄不明白。

爷爷一直以为是我沾了那棵小树的灵气才活了下来，也就认为他当年栽这棵树是他这辈子做得最英明的一件事，浇水，剪枝，驱害虫，对小槐树关爱有加，还再三嘱咐我，一辈子不能亏待这棵小槐树。

三

在小孩眼里，小树就是一棵小树，一点也不好玩。不管爷爷说得怎样神圣，也唤不起我丝毫的感觉。长大后才明白，要让一棵树长在孩子的心里是很难的，因为人在儿时有足够让他们迷恋的玩伴，它们不是人，更不是什么小树。

小时候，我最钟爱的玩伴是狗，记忆最深的是我在散文《狗事难言》里写过的白驹、胸子和太君三只。白驹俊逸、勇敢、乖巧，是我最喜欢的一只，它给我递爪子，舔我的脸，和我抱着一起睡觉，后来它竟让下乡干部逼一位戴历史反革命帽子的堂爷给杀掉了，为此我哭了好几天。胸子是狗王，因为和一只小豹子生死搏斗过而得名，远近无狗能敌。我对它更多的是钦佩，因偷吃生产队玉米被主人用铁链拴在院子里，我曾偷偷看过它几次，没有了一点威风，最后英雄失志，郁郁而终。最可怜的是太君，因咬伤女主人晚上跳墙入院的情夫致使奸情败露而遭主人遗弃，但在主人外出逃荒时它却偷偷跟随，守护着主人，帮了主人不少忙，而在得知自己生病将要死去时又悄悄回到老家死在了主人的院子里，也算落叶归根。这三只狗应该是我儿时最亲密的玩伴。

后来因为兔子长得漂亮，我又喜欢上了兔子，也写过《做兔也难》的文章为它们的处境大鸣不平，但始终觉得兔子很寡情，也没有建立起特别的感情。最让我伤心的是一只狸猫，它是一只流浪病猫，我抱回家给它买药治病，好吃好喝伺候着，没想到病好后在邻居家吃了一次鱼后，再也不肯回来了。我去找了它好几次，它竟理都不理，一气之下，我也再没理它。

再后来我喜欢过羊，但只限于山羊，绵羊不在此列，对猪一直有一种讨厌心态，但不包括猪肉，喜欢过马，对牛没感觉，对驴有一种天然的瞧不起，认为骡子是异类，喜欢吃鸡蛋，但最烦鸡的吵吵嚷嚷。

四

和这些动物挨个儿玩了一圈后，我就该上学了，上学意味着我要从这些猫呀狗呀的圈子里走了出来，真正融入人的圈子，这应该是一种回归，但常常觉得力不从心。比如，我小学时遇过一位姓乔的老师，他把我宠得一塌糊涂，凡有的学生官都让我当了，各种荣誉都是我的，家里奖状贴了一墙，这也惯出了我的骄傲自满、桀骜不驯的毛病。直接后果是上了高中后因为这毛病老师对我的不喜欢，我的自信心一再受挫，此后再也没有风光起来。多年后见到乔老师，乔老师感慨我的职场不顺，我调侃道，这都怨您，人一辈子当官是有定数的，您让我小时候就把官全当了，因此后来就没有我什么事了。

再比如，上学时，我曾暗恋过一个女生，为她心跳过、脸红过，利用语文科代表的身份给她改过考试分数，串联劳动委员给她少分过劳动任务，把班里追她的男生都视为情敌，得罪了一大批情场勇士，却一直没有胆量向她表白，等到她悄然嫁人后，我才知道自己白忙乎了一场。

其后，我便糊里糊涂做了一个女人的老公，也就有了一个让我可以称呼老婆的女人。又是在不太糊里糊涂中，有了三个孩子。我这个老爸当得马虎，孩子们跟上我吃了不少苦，我还不知道对他们有什么亏欠。当三个孩子大学毕业，没有什么工作可做时，我才知道了问题的严重。才意识到曾为自己奋斗了一辈子的事，比起孩子的事来简直一文不值，于是没黑没夜地奔跑，喋喋不休地把自己一路精心构思并再三推敲反复修改的好听话诉说给我要找的人，挖空心思地想爆出一两句一下可以打动人的金句，但苦于没这方面才情，始终没有想出来。一路构思好的话，在要找的人面前说出来是那样的苍白，连自己都觉得啰唆得像个嘴碎的女人，不用说感染人了。待这一切安排妥帖时，我才感觉到自己实在是太累了，我曾在一篇散文中写道：老子当累了，当腻了，也当烦了，就想当儿子。这是我当时真实的心理写照。这种当儿子的感觉只有回到故乡，回到我的那间破窑洞中才能找到。

而院子里的一切完全没有了我的期待，老屋的陈旧是想象中的，但老屋的破烂又让我伤心，屋顶的老砖日久风化，出现了许多坑洞，有大厦将倾的感觉。奶奶用了一辈子的那只粗瓷大碗变成了碎片，那口为我们全家熬"日子"的大铁锅爬了一层厚厚的黄锈，几只老鼠嬉闹出入，成了它们铁打的营盘，那盘从爷爷到女儿我家四辈人出生的土炕，成了知名和不知名的昆虫繁衍后代的温床，满屋厚厚的尘土竭力阻挡着我对往事的回忆。

接下来是一连串的问题，爷爷奶奶去哪儿了？爷爷奶奶喂养的小鸡小羊去哪儿了？我喜欢的白驹、胸子、太君去哪儿了？尽管这些问题简单得只用一个"死"字便能回答，有了这个"死"字这就变成了一个不是用来辩论的问题，因为这是上帝特意设定的一个事实。在这个事实面前，究竟是死去的悲哀还是活着的悲哀，就无须回答了，因为上帝在做出这样的安排的时候，顺便就出示了答案。

当我在这种孤独和悲凉中挣扎的时候，才发现了院畔的那棵槐树，和我一起生活在这院子里的大部分都死了，它是这老院留下的唯一活物，不！应该还有我，是我们两个。我好像觉得它活着就是为了陪伴我，我便把这认定为一种缘分。

于是我把这种缘分归结为宿命，六十年前，从他栽上那时起，它就等待我出生，后来又等待我在那场大病中活过来，当我始终把它排斥在我生活圈外，在阿猫阿狗以及人的圈子里满满折腾一圈后，硬把自己折腾成一个难入时俗的白发老翁，它却始终没有放弃这种等待，这一等就是六十年，龟裂的树皮剥蚀了曾有的青涩，粗老的树枝失去了夸张的婀娜，它一定知道，在某年某月的某一个上午，我一定会回来。甚至它还知道，那时我一定很落魄，它已经准备好了安慰我的话，应该是：这个老院里活着的不只有你，还有我。

五

我一直在想，完全是因为我的出生让爷爷的后半生过得极为艰难，极为凄楚，我到这个世界上来是专门给爷爷出难题的。我考上高中那年，爷爷已经完全丧失了劳动能力。一天放学后我问爷爷，今天吃什么饭，爷爷说，无粮饭。爷爷低着头，话也说得很低，带有很大的歉意，我就不敢再问了。那时上高中，要交周转粮，要交伙食费，考试完了，我不敢和爷爷提上高中的事，我知道我们家是既无粮又无钱，入学通知书来了，爷爷打发我去办事，自己坐在那棵槐树下抽闷烟，我知道他在为粮和钱的事犯愁，爷爷一定是在想问谁去借钱，或许是在精心构思并再三推敲反复修改好听的话诉说给要找的人，钱是借到了，爷爷很高兴，我却一点也高兴不起来。

给爷爷出难题的还有那棵槐树，因为槐树长在紧挨邻居的墙根头，因为槐树长得太茂盛，半个树冠长到邻居家院子的上空，春天过去了，槐花落了满院，秋天又是满院的槐叶，邻居扫烦了，每天骂那槐树，骂得多了，奶奶认为这是以树骂人。奶奶说，把树刨了吧，省得每天挨骂，爷爷说，不行，这树刨不得。这以后，爷爷总要每天早晚两次去给人家扫院，春天要扫到槐花落完，秋天要扫到槐叶落尽。

一直扫到爷爷老了，病了，再也拿动那把扫帚。在爷爷生命的最后两年，这件事已经成了他最繁重的苦役。

六

自从那次回老家，看到老院里只剩下我和这棵槐树两个活物后，老槐树才算正式进入了我的生活圈子。

我记得曾有个买主找过爷爷，说这棵树能做两套好车辕，想把树买下。"不卖"，爷爷想都没想就回绝了。

几年后，又有一位买主，说这树能做几副好门框。"不卖"，爷爷都没等他开口便一口拒绝。

爷爷当年很缺钱，买主的价格也不错，我对爷爷的这份坚决很不理解。

也在我那次回老家后不久，也有一位买主找我要买这棵树，我想都没想就说出了爷爷说的那两个字："不卖"。

这两个字一出口，顿时有一种很爽的感觉，这种感觉从哪里来我不清楚，只是仿佛明白这里有一种珍惜，而这珍惜的不仅仅是一个生命。

那年夏天，我独自坐在这棵槐树下，享受着树荫赐赏的凉爽，突然想起一个问题，这树没有做成车辕门框或许是一种浪费，当我设想这一片浓荫变成了一件件僵硬的家具时，我突然感觉到自己的浅薄。不记得哪位作家说过，有些事只适宜收藏，不能说，也不能想，却又不能忘。家俬是树的坟墓，绿荫才是它的灵魂。比如，同是器皿，有些是用来放东西的，有些仅仅是为了收藏。

我想告诉我的孩子，以后生活再拮据，再缺钱，这棵树也不能刨掉。让它自然地死去，和我一样。

这是我和树的一种默契，一个约定。

赏析

这是一篇托物言志的散文，让人想起了史铁生的《我与地坛》，因为他们在共同解读着这样一个人生的课题：命运。

人不仅拥有肉体，而且拥有灵魂。我们把安置肉体的地方叫成家，那么灵魂的安置之处在哪里，我们都在寻找。

史铁生把自己的灵魂安置在那个叫"地坛"的地方。那是因为地坛的包容，因为地坛和他的密契。

本文作者回到故居，倏然感到，爷爷不在了，奶奶不在了，白驹、胸子、太君也不在了，属于他的那个世界都不在了，于是孤独，于是悲凉。当他发现院子里那棵从未纳于自己的世界之中，甚至从未放在眼里的老槐树是院子里唯一的"活物"时，"他"震撼了。

托物言志是诗文的魅力，这种所托之物与你相知，相通，能拨动你的神经。一句话，心有灵犀一点通。我相信万物皆有灵性。我喜欢作者这一类生活散文，娓娓道来，亲切自然，像茶，似酒，有味道，耐品味。

这篇散文一个鲜明的特点就是铺垫，铺垫就是蓄势，就是渐进，第三部分，作者大篇幅写白驹、胸子、太君，甚至兔子、山羊、猪鸡。看似"多"了出去，其实不然。想想当年，这院子里是何等的鸡飞狗跳驴欢马叫呀，到如今，就只，剩下了，老槐树！

这样写不但内容丰富，而且厚实耐读。

（李云飞）

六叔返乡记

一

六叔这次回乡下，完全是玩消失的那种。

六叔一辈子第一次这样玩。

六叔的儿子说，这城里住得多舒服，硬要回那破村里做甚。六叔说，羊绒被子里就舒服，你抓两条鱼让它睡，舒服不死才怪了。

去年回乡失败后，六叔表面上平静了一段，其实并没死心，沙发不能盘腿照样不能坐，地板太光太亮照样没法走，坐便器上照样拉不下。六叔心一横，家里不呆了，每天照样坐院子，照样看鸟飞，越看越觉得这城里不能待了。六叔说，你看看，就连这城里的麻雀也不能和乡下的比。我们村里的麻雀羽毛贼干净，发着亮光，像水洗过一样。你看这城里的麻雀，羽毛灰蒙蒙的，就像披一块儿旧麻片。叫声也不一样，我们村里的麻雀一出动，就是一大群，蹦蹦跳跳地觅食，叽叽喳喳地欢叫，好像有"说"不完的话，是有些吵人，但那种欢快劲儿看看就舒服，那头一伸一缩，蛮精神的，这才叫个自在。城里的麻雀就寡情，一群最多也就三五只，个个嘴巴合得严实，偶尔叫一声，也是怯怯的，好像怕惊动了谁似的，头也一伸一缩，但神色警觉，像是在提防着什么。一次，六叔对我说，城里的麻雀飞起来，也不如咱村里的麻雀轻巧，好看。咱村里的麻雀从远处飞来，张开的翅膀直直的一点儿也不动，剑一样飞冲下来，落下时却又是轻轻点地，神仙的感觉。他们城里的麻雀能这样吗？往下飞时翅膀总要多扇动几下，觉得飞得很吃力，看得出它们活得沉重得多，也沉闷得多，城里是繁华，是热闹。但那不是麻雀讨生活的地方。

六叔最经典的发现发生在蚂蚁身上，六叔说，我第一次心疼蚂蚁，就是在这小区里。小区里蚂蚁很少，偶见时也只有一只。小区内的蚂蚁在水泥地板上是没命地跑，像在寻找什么，也像在躲避什么，从它拼命的跑中，可以看出它的着急、紧张、慌恐。六叔说，这只蚂蚁让他想起早些年他在广州街上独自迷了路，六叔不会说普通话，他听不懂广州人的话和广州人听不懂他的话一样，怎么也找不到住处。当初六叔觉得自己就是这大街上的一只蚂蚁。去年，六叔就救助过小区里一只蚂蚁，六叔费了好大劲，抓住它，将它放在公路边的地里，就为这，小区的人说也罢了，连儿子也说他得了老年痴呆症，六叔很气愤，什么痴呆症，要是在村里，这蚂蚁一出动就成群结队，你见它们什么时候那样慌忙恐惧过，用得着老子去操那份心。美国就好，把你一个人丢在纽约街头看看，你还不如那只蚂蚁呢！

看得多了，六叔觉得自己就是这城里的麻雀，小区的蚂蚁。六叔想，老子命穷，这地方不能待，离开这里是迟早的事。

二

村里人都搬迁了，六叔觉得一个人回去肯定有些寂寞，得找个人和他一起回去才行，二喜是肯走不行的，虽然他最和自己聊得来，但他腿脚有毛病，走路一瘸一拐，回去自己还得伺候他。秋愣爹最合适，虽然话不是很多，但也能说到一块儿，人也勤快，关键是他和自己有一样的毛病，坐在家里的坐便器上拉不下，两人相约在小区外的一条小沟里大便，时间久了，弄得一沟都是粪便，哪一天让人发觉了，还不骂死。本来六叔觉得秋愣爹会答应的，没想到他一提这事，秋愣爹就摇头："不行不行，那你弟妹还不得把我掐死，再说，她不在身边，我晚上睡不着觉。"

"就这出息"！六叔骂了一句，头也不回走了。

这天，六叔有点憋闷，坐在小区门口看公路上的车辆，这条公路从山上下来，坡很陡，司机都是愣头青，没命地跑，人要过个公路，先得把命搁在家里。六叔看得正生气，小兰的婆婆月季从大门口走了进来，六叔眼一亮，就凑了过去，拉了拉月季的袖子，低声说："他婶，跟你说个事儿。"

月季："什么事，不能高声说？"

六叔："不行，这事嚷不得，我要搬回村里住，你可千万不要告诉我家里的人。"

月季："怎么和老婆吵架了？"

六叔："不，不是的，不敢让她知道，要不我走不了。"

月季："那你什么意思，想偷的走？"

"是的。"六叔点点头。

六叔刚说完，就后悔了，他知道月季那没遮没拦的嘴巴，说不准会咧咧下一小区，那可就走不成了。第二天一早，刘叔写了张纸条，放在茶几上，就偷偷地搭车回了老家。纸条写的是：

"我还想多活几年，你们就让我回村里住吧。"

六叔回村了。收拾了一天老屋，六叔饿了，想，吃点什么呢？心里比较一番后，觉得还是焖大米省事，就吃大米吧。六叔在家里是衣来伸手，饭来张口的那种。六婶是有名的贤惠女人，平时把六叔伺候得舒舒服服，弄得六叔就根本不会做饭。六叔把大米焖进锅里，一会儿揭开锅一看，米还硬着，水早熬完了，六叔给锅里又加水，没想到水加多了，六叔想，再放点米吧，要不这水太多了，这样一加坏事了，水又熬完了，锅底的大米煮煳了，烤焦了，上面的米还硬着。六叔想不能再这样加了。这米呀水呀，轮番加下去，什么时候是个完。看着饭，六叔就没了胃口，只能这样凑合吃，焦的、稀的、硬的一搅和，六叔觉得很难吃。六叔一辈子第一次吃夹生饭，吃得肚子沉甸甸的。六叔想，老婆再丑也比这孤鬼强。

三

天黑了，六叔准备睡觉，一年多没睡炕了。六叔一躺，好舒服，六叔想那床就是城里的摆设，咱这农民就得睡炕，一天劳累，六叔有些困了，灯一熄，刚打迷糊，炕洞里的老鼠出动了，又是吱叫，又是跑动，吵得六叔无法入睡。六叔用腿在炕上猛踏两下。老鼠不吃六叔这一套，仍吱叫，仍跑动，后来干脆跑到了箱子上、地上和六叔明着干了。六叔没法，想起了搬迁时送人的黑猫，就学猫叫了两声。六叔本想假猫威镇住这些老鼠，没想到老鼠们只是愣了一愣，便缓过神来。肯定是六叔学得不太像，让老鼠们识破了，老鼠们用眼一看，炕上分明是躺了一个糟老头，哪来的什么猫？老鼠一定是这样想，这是哪儿来的庞然大物，侵占了我们的家，还来吓唬人，老鼠一生气便更肆无忌惮起来。

实在没法儿睡了，六叔便点着灯坐起来抽烟，六叔觉得有点冷，把被子裹在身上，老鼠看见六叔这是和它们杠上了，便迅速撤退到老鼠洞里，屋子里刚刚静了下来，箱子旮旯便传来几声秋蝉的叫声，这叫声不是太高，但也有些凄凉，让人心里发冷，六叔想连这些小东西都进家里了，居住了几十年的老屋。这还是什么家呀，分明成了动物世界了，这时，六叔没有了一点家的感觉。

六叔累了，老鼠累了，蝉也累了，不知什么时候，六叔还是睡着了，准确地说，六叔只打了个盹，六叔醒来，一条腿还露在被子外面，这是六叔睡觉的习惯，六婶知道这毛病每次都会给他盖好。今天，六叔的这条腿被风吹得冰凉。

四

六叔喜欢独处，是一个安静的人，但今天六叔觉得太安静了，六叔突然发现安静点是好，但身边总得有个人，你可以不和她说话，可以不看她一眼，但不能离得太远，要能感觉得她的气息，感受到她的存在，如果没有了这种感觉，就不是安静了，变成了寂寞，变成了孤独，孤独向来不是什么好玩的。

这种"太安静"六叔在醒来时就感觉到了，六叔觉得这个黎明太不像记忆中的黎明了，村里黎明就应该有鸡叫，这是上帝设置的一个情节，书里称鸡叫是报晓，村里人却叫喊魂，公鸡一叫灵魂归位附体，人一天就会活得很有精神。

这让六叔想起了他家那只大公鸡。公鸡长得极其帅气，六叔给它起了个红冠的名字。每天它都是村里第一个打鸣的，它一出声，全村的公鸡便争先恐后地叫了起来，极其热闹。红冠打鸣也与众不同，每次都要飞上墙头，先有力地拍两下翅膀，像在调动力量，接着把缩回来的头猛然向前上方伸展，嘴巴竭尽全力大张，两只圆圆的眼珠鼓胀，迸发着灼灼光亮，鸡冠充血直挺，红中透着淡紫，脖子的羽毛顿时直立外挺，每根羽毛上都是力量，接着两只翅膀用力紧贴腰部，长长的尾巴，有节奏地上下晃动，两条腿上皮肉紧缩，暴起一块块的疙瘩，声音开始时迸发猛烈，结束时尾音悠长、高亢、激昂、洪亮，什么都有了。每一个音符完成得极其认真，每一个动作极其神圣，有了它这一叫，整个村子便活了起来。

六叔一直爱吃鸡蛋，但对母鸡不是太感兴趣，他讨厌母鸡下蛋后夸张的叫声，不就下了个蛋吗，多大个事儿，有必要那样大张旗鼓地喊叫着表功，还不是为了讨一把米吃？六叔特别喜欢兔子，六叔说兔子长得俊气、文静、有涵养，从来不会张扬。六叔说，人都有兔子那脾气，那修养，天下就太平了。六叔对猪说不上喜欢还是讨厌，只是觉得月季养的那头猪实在好笑，月季精明能干，是一把家务好手，猪养得硕大、肥壮。滚圆的屁股，迈左腿向右扭，迈右腿向左扭，走开及像月季，完全是肥臀阔太太的感觉。六叔是个放羊工，最喜欢的还是羊，冬天放羊归来，走到村口六叔羊鞭一甩，"啪"的一声脆响，羊们便一哄而散各自狂跑，径直回到各家院子里补充主人给准备的食物。该收牧入圈了，六叔站在村头高处喊一声"入圈了"，然后又是三甩羊鞭，啪啪啪三声，羊们便自动跑过来。这时六叔很得意，好像自己是将军什么的……喜欢的，不喜欢的，这一切都是村里应该有的。它们都是村里的"村民"。有了它们，这才叫个村子，这才叫个活法。现在这一切什么都没有了，六叔问自己，这还能叫个村吗？

五

六叔在村里走了一遭，走出了一村的寡淡，走出了一村子的失落，猪圈塌了，鸡舍塌了，牛棚塌了，围墙大门都塌了，曾经活泼泼的地方几乎都成了废墟，院子、街路、屋顶长满了各种各样的杂草。六叔没想到一年多前还是热闹欢快的村子竟然变得如此荒芜，荒芜中弥漫的空气也如此的清冷，没有了微带草气的牛粪味，没有了诱人的农家饭味，没有了略带乳香的尿布味，也没有了餐桌上的醋味，酒桌上的酒味，麻麻花味，辣椒味，炊烟味……这些味一相混，那才是标准的村味，村味养鼻也养心，一闻心里就踏实，就顺畅。六叔觉得城市有城市味，这味太沉重、太稠密、太繁杂，浓得叫人喘不过气来，实在没法和这村味相比，然而现在这村味没有了，整个村子都是一股山野之气，山野气太轻，轻得让人觉得寡淡。没有一点过日子的滋味。

六叔最惦记的还是当村的那个石坡，石坡不长，也就二百多米，据说是明朝末年老祖宗铺的，应该是最早的道路硬化，闲暇或休息时间，这里聚集了全村的男女老少，他们吹吹石头上的尘土，席地而坐，女人们绣花纳鞋底，说一些闺闻房趣，男人们抽烟捋着胡须，天南海北胡吹乱说一通，说得云山雾罩，就像他们亲眼见过。孩子们光着屁股捉迷藏，过家家……可现在的坡上没了往日的热闹，石缝中的草拼命往出长，长出了它终于取代人类占据了石坡的扬扬得意。六叔坐在石坡上，没心思看那些麻雀蚂蚁，更不去看那些疯长的小草，六叔满眼是家家户户屋顶上的烟囱，没有了炊烟的烟囱，一根根孤零零地立在黄昏中，没有了一点生气，自古都说"人烟"，没有了人，哪还有什么烟，看这些烟囱，六叔心里一阵酸楚，眼睛有些湿润。

几天后，六叔的外甥给六叔送来了一只狗，这狗是六叔往城里搬迁时送给外甥的。外甥知道舅舅回村了，担心一个人孤单，就把狗送了过来，有了狗六叔心里高兴，喂食、梳毛把狗宠得一塌糊涂。开始这狗每天在村里跑，跑遍了整个村子，每次跑完了就回来，就汪汪地叫两声，叫声在山村上空回荡，六叔觉得这村子总算有了一些生气。两天后，这狗不跑了，除了吃食，就是一歪一歪地打盹，六叔想让它叫叫，给村里添些生气，它只是喉咙里呜咽两声，敷衍一下，一看就知道情绪不是很好。又过了两天，六叔起来发现狗不见了，六叔找遍了村里也没有找到。六叔坐在院畔等了一天也不见狗回来，打电话一问，才知道那狗已经跑回外甥家了。

这天晚上，在这张六叔想念了一年多的土炕上，六叔怎么也不能入睡，他想，这里再也不是什么村了，应该叫荒野才对，这荒山野地的连狗都不想住了，咳！那我还能住下去吗？

赏析

  这篇散文，是作者对当今城市化现象的文学思考。作品精彩之处就是一个个逼真的细节描写。

  比如写"村里"的麻雀：一出动就一大群，蹦蹦跳跳地觅食，叽叽喳喳地欢叫，好像有"说"不完的话。而"城市里"的麻雀则是：一群最多也就三五只，个个嘴巴合得严实，偶尔叫一声，也是怯怯的……像是在提防着什么。这应该也是城里人和乡下人的不同。还有更让人揪心的，是那只在水泥地板上受煎熬的蚂蚁：

  小区内的蚂蚁在水泥地板上没命地跑，像在寻找什么，也像在躲避什么，从它拼命地跑中，可以看出它的着急，紧张，惶恐……是那样的惊心动魄，又是那样的真实逼真。

  还有，村里那只打鸣的大公鸡的描写：先有力地拍两下翅膀，像在调动力量，接着把缩回来的头猛然向前上方伸展，嘴巴竭尽全力大张，两只圆圆的眼珠鼓胀，迸发着灼灼光亮，鸡冠充血直挺，红中透着淡紫，脖子的羽毛顿时直立外挺，每根羽毛上都是力量……结尾时尾音悠长，高亢，激昂，洪亮……整个村子便活了起来。

  在六叔眼里大公鸡就是故乡，故乡的一切都是那么美好，作品中精彩传神的描写还有许多，比如下蛋就邀功的母鸡，俊气文静有涵养的兔子，那头"滚圆的屁股，迈左腿向右扭，迈右腿向左扭"的大肥猪，六叔"三甩羊鞭，啪啪啪三声"，羊们"一哄而散各自狂跑径直归院"的画面……

  画面感是散文吸引打动人的"灵点"。

（李云飞）

寻找缺失的父爱

老子当累了，当腻了，也当烦了，就想当儿子。父亲死得早，随着父亲最后把眼睛一闭，我的父爱就关在了那双永远不会再睁开的眼里，那眼皮并不沉重，却压出了我一生的至痛。一个人一生没有父爱，终究不是完整的人生。年轻时为前途奋斗，为家庭奔波，这份隐痛被辛苦，被疲劳和忙碌遮捂得严严实实，没有时间也没有心思去触摸它，揭开它。活了五十多岁，当了三十年的老子，突然觉得我好像从来没有当过儿子。当儿子是什么味道，我不知道。现在连孙子也有了，反倒觉得自己背后空空的，虚虚的。时间的远处和情感的初始中存在着一裂明显的断层。便产生出许多的悲伤来。有时又觉得心里的一隅早已塌陷，埋葬了许多我本应有的东西，形成了一块再也无法激活的死角。这时眼眶里便发潮起来，发酸起来。

就像困了想轻松，忙了想悠闲一样，人越老越想年轻。当父亲，当爷爷辛苦远远大于享受，于是便有了想当儿子的欲望。找个僻静的地方，或躺或坐，闭上眼睛，摆脱掉老婆的唠叨，柴米油盐的困扰，儿孙的喧闹，灵魂便回到了父母的身边，成了一个充满稚气的小孩，成了一个十足的儿子。在父母面前撒娇撒泼撒野是一种幸福，把头依在父母的怀里，让父母哄着，享受着父母粗壮的大手的抚摸也是一种幸福，甚至受到父母无端的责骂训斥，挨几下雷声大雨点小的责打，心里充满了委屈也是一种幸福。这种幸福哪怕是在睡梦中，想象中也只有在父母的面前才能获得，然而我从来没有做过这样的梦，甚至常常闭上眼睛企图在虚幻的想象中体会一下这种感觉,但每每不能实现,最后只有充满失望,充满忧伤地极不情愿地睁开自己的眼睛,懊悔地回到自己当老子的现实中来。这时理智告诉我,即使是在虚幻中我也无法享受到这种幸福。因为父亲死得太早,父亲的形象没有在我的记忆里留下一点痕迹,我无法想象到父亲会有怎样的微笑,无法想象到父亲有怎样一双手如何来抚摸我,哪怕是生气和责打我。总之因为头脑中没有父亲的形象,我所企盼渴求的这一切便无法在我头脑中哪怕是有模糊的闪现。有时设想,要是父亲活着的时候狠狠地打我一顿,也许能增强我对父亲的记忆,那该多好,那样至少我能在回忆中记得起父亲的样子,享受到自己由此构建的许多虚幻的幸福。

父亲的死,导致了母亲的后嫁,导致了爷爷的重病,使爷爷一下变成了一个腰弯腿瘸的老人。我一生应有的许多随着父亲塞进了那个深深的墓穴,埋在了那一堆不大的黄土下,每次为父亲上坟时,总要呆呆地站在坟前,竭力想象着父亲生前的模样。五十年来每当想起父亲,脑子里就是那堆低矮陈旧摇曳着稀疏的杂草的土堆。于是我把这一份失落变成对别的孩子的羡慕:小伙伴依在父亲的怀里,享受着抚摸,父子们嬉笑着,打闹着,我不敢走近他们,只是在附近找蚂蚁,找蜗牛说话。蜗牛蚂蚁不能给我小伙伴那样的快乐,我便不时回过头来偷看一眼人家父子俩的亲热,心里痒痒的,酸酸的。再索然再无奈地继续向这些小昆虫讨要欢乐。我最羡慕的是骑在父亲的肩膀上让父亲驮着,这肯定是孩子们最快乐最得意的时刻,我疴瘘的爷爷驮不动我,我的父亲变成了一堆土没法骑,我便眼巴巴地跟在那些驮着儿子的父亲后面,人家跑,我也跑。人家父子嘻嘻哈哈,我也跟在后面嘻嘻哈哈。我不是自己高兴,是替骑在父亲肩膀上的孩子高兴。人家父子俩跑着笑着回了家,闭了门,我的笑便戛然而止。呆呆地看着那两扇门,一脸的失落,一脸的茫然。我很想推开人家的门,又不敢。只好蔫蔫地拖着沉重的步子走开。脑子里又想起那个低矮的陈旧的坟堆。想起那坟堆上摇曳的稀疏的小草。也许那些稀疏的小草便是坟堆的儿女，它们的摇曳便是在父亲肩膀上的嬉闹，那么我真愿意变成那些小草……这些往事虽然常常在我的脑子里出现，但我对这些已经失去的并不十分在意，我遗憾的是我实在记不得父亲长的什么模样，这样就连父亲想都不能想，想都没法想。我想，一个人不知道自己的父亲的模样，这应该是世界上最大的遗憾，也是人生最大的缺失。

父亲一生短暂，也没有留下一张照片，越是这样想要知道父亲的模样的欲望就越强烈，我知道这其实完全是自己在寻找一种精神寄托和一种心理的归属，寻找一种思念的依托。著名作家蒋子龙说，人年轻时缺的年老时还能补上，而且说他现在正体验他失去的青春。他经历过青春，只是没有享受，而我连父亲的容貌也记不得，这父爱的补偿和体验从何谈起！我要的并不奢侈，只要一种朦胧的感觉就很知足了，在这种朦胧中为久蓄心头的那种当儿子的感觉寻找一个虚拟的怀抱和想象的肩膀。从而在梦幻的境界里也能体验一下做儿子的感觉。为此我专门抽了一个星期的时间，回到村里住了下来，每天拿着香烟拜访村里的老者。希望能在他们的描述中勾勒出父亲的形象，哪怕能找回一点影子也好，然而老人们的肖像描写能力实在太差，说上半天也没有一点形象感，于是我就引导他们进行比较，有的说父亲根本不像我的爷爷，而是特别像我的奶奶，可我的亲奶奶比我的父亲死得还早，这话和没说一样。有的说我又是酷像母亲，浑身上下没有一点父亲的影子，这一点我也清楚，更和没说一样。这时我是完全失望了。

我曾在另一篇散文中写道，没有了亲人的故乡是一片苦涩的相思地。尽管苦涩，我没有回避它，疏离它。我多少次站在它的面前，满眼都是故乡的一切，我闭眼睛，满脑子也是故乡的一切。而单单缺少的是父亲的影子。虽心有不甘，我还是决定放弃我的这种寻找，把这刻心刻肺的痛苦归于宿命。于是我打点行装准备返城。这时有人拉着双眼失明的四爷走了进来。四爷是父亲的亲叔叔，仅比父亲大一岁，我唯一模糊地记得的就是他在父亲临死前背我去看父亲的。在父亲咽了气后，是他狠狠踢了我一脚，我才哇哇哭了起来。四爷显然知道了我这次回来的目的，于是把我拉到他的面前，哽咽着说，孩子，四爷知道你心里苦，你就好好看看四爷的这双眼睛，看得仔细点。我有些莫名其妙，但我还是仔细端详起来。虽然这双眼睛充满了老年的昏暗，什么都看不见了，但可以看出这双眼曾经的漂亮。单眼皮，标准的柳叶形状，即使睁开，也不会太大，眯起来是一双不宽却很长的缝。自然地舒展着。可以想象到曾经这是一双充满柔情和慈祥的眼睛。四爷说，你再不会找到你爹的影子了，但你爹的眼睛和你四爷的这双眼睛长得极其相像，我们年轻时村里人都是这样说的。你好好想想，当初四爷背你去看你爹时，他是那么依恋深情地看着你，流下了他一生最后一点眼泪，你想想，他的眼是不是和四爷的非常像。

听着四爷的讲述，看着四爷的眼睛，我眼前仿佛模糊地闪现着一双狭长的眼，那柔情，那依恋，那痛苦，那不舍，还有那两行清泪。是的，虽然迷迷糊糊不太清晰，但分明就是这样两只眼睛，我站在四爷的面前，看着四爷的眼睛，好像要把这双眼睛牢牢地刻在自己的心里，永远不再遗忘。四爷明显地感到我的激动，一下抱住我，用他那苍老的手抚摸着我的头，发出了山洪暴发般的哭声，我顿时两眼泪水喷涌，紧紧地把四爷抱住，爷孙俩哭成了一团……

是的，我终于找到了，虽然那不是父亲的全部，仅仅是一双还不清晰的眼睛，但对我来说这已经足够了，我有了从来没有过的满足，我要把这双眼睛当作父亲的全部，永远刻在我的心里，在这双眼睛里体会我从未有过的做儿子的感觉。

赏 析

  小王子曾说"每个大人都曾经是孩子,可惜的是,很少大人记得这一点",其实不然,日子琐碎、生活压力让成长为大人的我们承担起越来越多的责任,正是这样的过程,让我们慢慢地忘却了自己曾经的期待,也不敢再记起自己曾经是个孩子。可是忘却不代表没发生,某个偶然的契机或许会激起那沉寂已久的期待和情感,《寻找缺失的父爱》中年过五旬的作者正是这样。年近花甲,已为人夫为人父多年,最不能忘记的却是为人子的短暂岁月。年幼丧父,记忆浅薄,对于作者而言,父亲,是每年清明节坟墓前的称谓,是幼时追随的身影、羡慕的眼神、沉重的脚步,是疲惫时闭上眼睛在虚幻中也无法享受到的幸福,是成年后努力寻找都无法清晰的模样,是作者一生最大的遗憾和缺失。这也促成了作者执着的"寻找",寻找思念的依托。奈何父亲早逝,年代久远,寻找又谈何容易!在"我"决定放弃这种寻找的时候,那双狭长的、慈祥的,充满柔情的、依恋的,带着痛苦、不舍的眼睛慢慢地靠近,就是那个模糊的画面,坟墓下的称谓慢慢清晰,那是父亲短暂且深沉的爱,是年幼的"我"来不及感受的如山的深情。所谓"动人心者莫先乎情",文中字字含情,句句写意,文字朴实,情真意切,如汩汩泉水般流淌,浸润我们的心灵。这双"狭长的眼睛"如朱自清笔下父亲的"背影"让人心灵随之跃动,情感随之点燃,动容动情,泪湿衣襟……

(刘香芝)

故乡不是风景画

第三辑 穿破尘埃一米光

作家写文章也一样，你跋山涉水收集素材，苦思冥想写成文章，看起来作家是主体，其实文章一写完，这些文字就把你取代了。读者看到的是这些文字，是从这些文字中才认识了你。认识了你的思想、情感、个性、思维甚至人品，绝不是首先通过你才认识作品的。

唯有碛口

你不妩媚,也不妖娆,怎么说也算不得太美。你不屑于饱满的肌肤、撩人的媚笑。你极有棱角的脸,白毛巾绕头一扎,大袄拦腰一扣,白腰带斜别着船桨。你最要紧的还是眼睛,眼中那纯粹的黑,而眼白却泛着微黄,整天半闭半开,眼中是勾人远思的深邃。不管远明的晨阳,还是大清的夕照,往你身上一洒,便是一抹重重的写意。

我知道,你不是在等我,但我却好像在找你,找了很久很久。我知道,你的沧桑,并不是因为我来得太晚;你的深沉,却是因为你走得太早。明代的卵石一铺,你就注定成为一个撩心的谜面,清初的砖瓦一砌,堆起的是几百年后让人惊诧的古韵,我知道,虽然这并非先贤的初心。真的,就现今来看,你并不纯秀,但很古典。你不懂得害羞,落落大方地看着一个个来者。碛口,我想大声喊你一声,一声喊出,我才真正觉得你的名字不宜在心里默默吟诵,只有大声喊出来,那才叫痛快。站在你面前,我收起了张开的双臂,我没法拥抱你,因为你不是需要拥抱的那种,可是,又有哪双臂膀能拥抱得了你!接下来便是一种冲动,想扑入你的怀里,听你的心跳,享受你的抚摸。碛口,我是来迟了,你没有怪罪,我知道,你不在乎我来迟或来早,也不在乎来与不来,凡来者,你都捧着古风柔柔地抚摸,因为你胸前,是一条大气磅礴的黄河。

看见了吧,柳林已繁花似锦,临县亦高楼比肩,就连河西的吴堡也早已姹紫嫣红,而在这样的环境烘托下,碛口这北方的沉稳汉子也就名扬四海了。

吕梁文学季，那是一个盛会，厚重的文学和古朴的碛口联姻，让人突然明白，从今天起，文学就要从这里出发。不禁想起清朝永宁人崔炳文的诗句"物阜民丰小都会，河声岳色大文章"，感佩古代先贤的如此先见。今天，当诗人面河而咏，巧了，主持人就叫欧阳江河。"天如水腾浪，碛远有高峰"，黄河远处的皮艇上便传来一青年船夫的高歌，"峰高有远碛，浪腾水如天"。巧了，巧的不单是诗的回文，更巧在诗人与船夫的呼应。黄河，碛口，诗人，船夫，他们在阳光下格外亮眼，回头望去，古街上的明砖清瓦也透露着厚重古朴。

著名画家吴冠中先生，绝对的国宝级大师，应尊一声吴老，吴老有两个喜好，一是手中画笔，二是走遍脚下万里河山。在吴老深邃的眼眸里装满了这世上无数的旖旎和锦绣。吴老一到碛口就惊呆了，吴老凝视着碛口，脸上是满满的虔诚。吴老日夜与碛口对视。吴老吃着碛口的小吃，蘸墨作画挥毫著文。吴老三出碛口，说他还会再来，一定会来。吴老离去时捡了一块散落的瓦片，那是他与碛口的信物。碛口的遗憾是吴老没有再来，吴老的没有再来让碛口的揪心变成了失落。碛口人总这么说：吴老在临终前还念叨了一声碛口。

碛口知道自己的体量，不敢睡在水上，自己这体量，只能睡在山上，以山为床，碛口才睡得踏实。山风掠过，那只是碛口变换了一个睡姿，说了几句梦话。那一排排古蓝色的砖窑是碛口的披风，披风旧了，烙上了岁月灼烤后留下的斑驳。平日里，为碛口守夜的是黄河，而今晚，又添了一个我。黄河常在，而我却只是一个过客。但我们都听得出来，碛口的呼吸间都是华夏民族的沉稳和厚重。

凌晨，河面暗黄，小船已开桨，时间还不到四点，碛口就早早醒了，忙着只有黄河才知道的事。打从明朝那会儿起，碛口就不会睡懒觉，不光是因为心里有事，也因为那三声鸡鸣，两嗓号子，一阵狗叫。

"哟……嗨嗨，哟……嗨嗨"，突然传来高亢的号子，我知道旱水码头起船了，那号子不是从身边飘过，而是迎面撞来，那声音纯粹得不用过滤，只一声，碛口人血管里的液体便澎湃起来。早晨起来，一声一声的号子打包了碛口人的心，碛口人的梦便由山上移到了船舱，带着梦起航，碛口人的梦是有声音的。

晨光下，我倚着船栏，定定地看碛口，一块青砖，一领曲瓦，一个庭院，一间老屋，看着看着，心都沉了进去，觉得明王朝也不过是昨天的事，大清朝也只是刚刚从黎明中闪过。仿佛看到庭院中哪家的柴门开启，走出一位白须冉冉的老者，头戴瓜皮帽，身着青布长衫，那是东财院的李登祥还是西财院的李带芬？碛口，就是一个叫人把不住幻觉的地方。

赏析

"视通万里，思接千载"是一个散文家的本事，这篇散文从眼前碛口，到明清碛口；从吕梁文学季的碛口，到吴冠中生死相约的碛口；从古朴苍凉的碛口，到船夫号子的碛口，作者神思悠悠，心海浪卷，纵横捭阖，自由挥洒。散得淋漓，散得激越。然而，所有人又以强大的"向往心"奔赴碛口，聚得精致，聚得自然。

投怀入抱，情感深沉。作者主动投入碛口的怀抱，调动嗅觉、视觉、听觉、触觉去感受碛口，去欣赏碛口，与碛口神交。把自己的一份等待和神往，一份欣遇和震撼，与碛口的古朴苍劲、大气磅礴无缝契合。这一份深沉的感情，无丰富阅历，无与大自然的契合和共鸣，难以表达。

作者笔下碛口是古典的，也是现代的，它有着古人的深幽，也有今人的灵帅，碛口是生活的，也是文学的，它有生活的鸡零狗碎，也有文学的浪漫生动，碛口就是黄河的咆哮，起锚的号子，是碛口人轻轻的梦呓，是艺术家静静的凝视，唯有如此碛口滋生过多少梦想，也安顿了多少人的灵魂。生灵在这里生活，在这里安息，他们的艰辛和愉悦写下了碛口的永恒。

　　这都是我们在这篇散文中品出的。

（贺新民）

那一袭长长的红色道袍

知道先生，是因为一块石头，石头呈青赭色，顽硬，实在无法说清楚它的形状，但偏偏这块极不规则的顽石上又生出一个不大的平面，偏偏在这个不大的平面上先生又提了字。署名：真山。真山是先生的号，于是这石头就不叫石头了，叫作碑，大家更喜欢将这碑与先生的名字连接起来，便叫成傅山碑，这下了不得了，傅山碑自然成了文物。于是修碑亭，做栅栏，这文物又变成了一个景点。

认识先生，还是因为石头，这次的石头不是一块，而是四块，四块石头天工成一小石窟，呈介字形，先生远道前来造访，不去县城住客栈旅店，就连龙泉观内正殿道房也不入住，偏偏住进了这小小的石窟中，还与友人在石窟中促膝论道，浪漫出了不少怪异，这石窟先生住了多长时间，人们并不在意，既然先生住过，就不能叫石窟了，于是因地筑一小窗，安一小门，窟就变成了房，叫作介石山房。

中国人极具英雄情结，常为自己家乡出了几位名人自豪得一塌糊涂。对此，中阳人常常会觉得遗憾，因为在几千年的历史长河里，在浩如烟海的中国名人中，中阳没有出过这样级别的名人，至少是史籍中无记载，民间没流传。能勉强与中阳挂得上钩的也只有两位来过中阳的外籍人，一位是战国时期的军事家庞涓，另一位就是先生，庞涓在历史上没有个好名声，总让人说起来觉得不那么的理直气壮，只有先生能满足中阳人的这点虚荣。

于是不少人硬说先生曾多次来过中阳，便四处收集先生来过的物证，把那些似是而非的壁书，碑字硬说成先生的遗迹，再编造一些掌故说辞，这虽然没有史学的严谨，却也可以看出不少的崇敬和渴望。你不可相信也别苛责，其实研究先生究竟几次到过中阳，并不重要，重要的是先生带有传奇的人生脚步在历史的途程中留下了怎样的印迹。

先生并不魁梧高大，低矮的介山石房和那盘又短又窄的石炕可做诠证，后来看到先生的画像，证实了我的这一猜测，他的确是一位清瘦干练的老头，他的眉宇间读不出任何的桀骜不驯，除了满脸的文人气息，更像我们家的一位农民堂爷，说话轻声细语，做事慢条斯理。儒雅之人，全然是一位做学问的人。

和我的乡亲一样，由于有这一碑一窟的原因，我对先生有着天然的崇敬情愫，这种情愫促使我想对先生有太多的了解，没想到我竟然又冒了一次傻气，原来以为像先生这样蜚声海外的人物，正史中对其应有不乏其祥的记载，经过千辛万苦的查找，我才知道明清两代史书对他毫无记载，与那些远逊于他的所谓"人物"也无法相比，只有一本地方县志中提到先生时仅用于"自幼聪颖"四个字，我才真正体会到旧时史书对先生的"惜墨如金"。

对于这些"正史"的不满，还来自对那些被视为野史和民间传说对先生的不惜笔墨的慷慨，是这些"体制外"的读物让世人知道先生"钟繇小楷入门，后从颜真卿大楷出道，行书学二王，草书追摹张旭、怀素"，"可与石斋、觉斯伯仲"、"清朝第一家"的书法造诣。知道了先生画作山水、梅、兰、竹列为逸品，知道了先生是清后研治诸子的开山鼻祖，知道了先生精通医术，其医著《傅氏女科》《傅青主幼科》传世极广，被时人称为医圣，知道了先生的诗有屈原杜甫之风，知道了先生是哲文、医学、儒学、佛学、诗歌、书法、绘画、金石、武术、考古诸方面的旷世奇才。

这也怪了，如此奇才也许几百年才能出一个，史书为什么会拒绝他呢？是先生得罪了谁，还是史官太粗心了。明清两代的历史缺少了傅山先生，应该是残缺的历史，这个历史的责任该由谁来负？

细想想问题还没有这样简单。因为从历史的角度去审视，傅山应该是一位悲剧人物，他的悲剧就在于他忠于了一个不值得他忠于的王朝，最终他又被这个王朝抛弃，后来他又抛弃了一个认可、接纳甚至尊重他的王朝，他把这个王朝当作了自己的敌人。

三十七岁是傅山人生旅程的重要分界，三十七岁之前，正是先生从"自幼聪颖"步入了学有所成的黄金岁月。他的学术生命正焕发着勃勃生机，而他所处的正是一个苟延残喘、日暮西山的大明王朝。十三岁那年他生命中的第一任皇帝明神宗死去，同年明光宗新接位一个月后也被药死，这离傅山"十五岁补博士弟子员"的辉煌还差两年，这两位皇帝自然不会知道远在山西太原的子民中还有这样一位少年才俊。

三十一岁那年，也就是明崇祯九年，刚过而立之年的傅山先生着实"火"了一把。事因是傅山的恩师袁继成被魏忠贤死党陷害，捕于京师狱中，傅山便联合百余名生员联名上疏，步行赴京为袁请愿，他率领众生员在北京四处印发揭贴，申明真相，并两次亲自出堂作证，经过近八个月的斗争，终使袁案得以昭雪，这次抗争震动全国，傅山因此名扬京师乃至全国。

傅山没有想到在这次"火"中他把"义"和"忠"尖锐地对立起来，至少统治集团是这样认为的，他在收获胜利，收获赞扬的同时，他得罪了魏忠贤的党羽，自然也就得罪了魏忠贤，甚至崇祯皇帝，这是一个庞大的体制，是一个至高无上的朝廷，也是他收获了的一个敌人，这一点在他带着胜利的喜悦返回太原时已成定局，但他却浑然不觉。

他仍在一如既往地忠于这个把自己当作"敌人"的王朝,此后几年他虽潜心研究学问,但始终把明王朝作为自己的精神寄托,先取号为朱衣道人,并为此一生身着红色道袍,以此表示他是"朱"姓皇帝的子民。再取"石道人"之号,表示自己忠于朱家王朝之心坚如石,直至明朝灭亡清朝建立后,他改号为"侨松",表示自己始终是大明之民,只是栖身清朝的"侨民"而已。尽管如此,明王朝却不领他的情,在大明朝厚厚的史书并没有关于先生的点墨。我想这虽然是种遗憾,但也应该庆幸。因为如果明朝的史官将他写入史书,恐怕也会把他载入逆党暴民之列,这应该是他天大的幸运了。

这一切让我想到了《桃花扇》,想到了秦淮名妓李香君,她虽然身份低贱,但对明王朝的忠诚亦如先生,她同先生一样有许许多多的没想到,最大的没想到是她与恋人侯朝宗赴汤蹈火抗清复明,然而这个风雨飘摇的弘光政权,不要她的报国心,忠君泪,要的是她的俊俏脸蛋,美丽身段,昏庸腐败的官僚硬要把她从奔走呼号的救国战场上拉回到他们的鸳鸯床上,结果血溅诗扇,染成桃花,李香君看够了这一切龌龊,叹一声,走开了。先生好像始终没有看透,一直为这个腐朽的王朝穿着一袭红色道袍。

傅山三十七岁那年,清军的铁蹄踏破长城,横扫中原,傅山知道他的明王朝已亡,然而他不知道的正是这清王朝给他消灭了一个"视己如敌"的庞大"敌人"。

可叹的是,这一回是傅山把清王朝当作了自己的敌人,理由很简单,清朝的统治者是满人,这个理由和我的那些不识字的爷爷们一样,不一样的是我的那些不识字的爷爷们在忍受了剃头留辫的屈辱后,心甘情愿地做了大清朝的子民,而先生却在这时换了一个"侨松"的名号,做了一名试图反清复明的斗士。

其实连傅山也明白,明朝是一个胡闹的朝代,就皇帝而言,除朱元璋、朱棣外没有一个说得过去的,有几十年不上朝的皇帝,有喜欢做木匠的皇帝,有替自己的亲爹妈的名分与大臣打了多年口水仗的皇帝,有喜欢封自己做什么将军、什么侯的皇帝,有喜欢自己乳母的皇帝,有喜欢红丸的皇帝,有喜欢微服私访调戏良家妇女的皇帝。这样一群皇帝只能荒废朝政,这样的朝廷亡了也罢,但傅山还偏偏为它发起了冲锋,矛头直指清王朝。

傅山四十九岁,应该是顺治十四年,毫无章法的河南宋谦起义,又很快失败,倒霉的宋谦狱中又供出了傅山,先生便与儿子傅眉一起入狱,他的兄弟傅止也遭审讯,这次他吃了大苦头,"绝粒九日,几死"。"谓不若速死为安",终因宋谦死去,死无对证,而先生又"抗词不屈",得以释放,这就是震动朝野的"朱衣道人案"。虽然这次他大难不死,但这回算彻底得罪了清王朝,他与清王朝彻底摊牌,斗争真正地公开化了。

这件事就性质而言,要比当年赴京救师的事严重得多,也轰动得多,如果落在明朝皇帝崇祯和奸佞之人魏忠贤手里,先生有几颗脑袋也得搬家,那身朱红色道袍也许早已成了他的丧服。但对这事顺治皇帝好像没有太在意,整个清王朝也好像没有太在意,出狱后他没有受到任何的监视与限制,他可以自由地研究学问,自由地吟诗作赋、书法绘画,可以自由地四处云游,悬壶济世,这比起后来文字狱惨案来说,清朝的皇帝对他可算宽大无边了。傅山对清朝的宽大并不领情,他穿着红色道袍出发了,看上去竟是一个完完全全的修道之士,歇脚、打尖自然是道观、庙宇。他背上背着褡裢,里边是《傅氏男科》《傅氏女科》等医书,当然也少不了那一包银针,望闻问切,针灸推拿,治愈过多少疑难病症,谁也没有统计。然而这一切都不是他一次次出行的真正目的,真正的身份。他遍游山西,远赴山东,会顾炎武、申涵光等反清名士,还与山东起义领导人闫尔梅秘密会晤,试图推翻清王朝，然而傅山既不是运筹帷幄的战略家，也不是冲锋陷阵的将军，他们的这些行为在雄才大略的康熙看来太小儿科了，不费吹灰之力便平息得干干净净，应了那句秀才造反十年不成的老话。

傅山反清复明的举动，康熙是清清楚楚的，但康熙没有计较这样一位秀才，甚至竟装出根本不知道的样子，不管是出于安抚拉拢，还是文化认同，全国人和和气气吃一桌"满汉全席"总是好事，康熙把"酒宴"都摆好了，先生却死活不肯赏脸，这就是著名的诏举鸿博。康熙十七年，先生受李宗孔等推荐应康熙"亲试录用"的博学宏词考试，傅山称病推辞，最后被强行抬到北京，仍托病卧床不起，康熙派宰相冯溥一干满汉大员隆重礼遇，多次探望劝说，他仍拒绝考试，这时的康熙让步了，不但免去了他的考试，还授封他"内阁中书"之职，但傅山仍不肯叩头谢恩，康熙不但不恼，而且是再次让步，还表示要"优礼处士"。并诏令"傅山文学素著，念其年迈，特授内阁中书，着地方存问"，礼送他回归太原，可以说康熙是给足了傅山面子。

尽管康熙对傅山那身朱红道袍看着并不顺眼，对傅山的张狂傲慢心中不阅，要他脑袋搬家有个眼神就足够了，但康熙忍住了，不管目的如何，康熙已做到了低三下四，这正是政治家的胸襟和风度，没有谁会笑话。为此康熙还感动了一大批亡明遗士，心甘情愿俯首称臣，傅山不领康熙的情，也大大收获了"尚志之风""介然如石"的美誉，看来是一种双赢，但让人总觉得这里缺了什么。我常想满洲的白山黑土也是中国的神圣领土，这点傅山先生也绝不会否认，满族人是中国的百姓子民，先生也应该非常认可，如果有外来势力侵占这片国土，杀戮欺压这里的人民，先生也一定会奋起反抗，声讨鞭挞，然而当这群人要来统治中国，即使以相对的清明政治取代明朝之类的腐朽统治，先生却不干了，就视之为仇敌，如此给整个国家带来的损失是他们的收获难以相比的。

如此，这应该又是一种悲剧。

康熙二十三年，七十七岁的傅山逝世了，浩如烟海的清史中同样没有给他留下点墨，也许这也是康熙、清王朝对傅山的报复，却也为我们又留下了一部残缺的历史。从这一点看来，他们两位又都输给了这位巨人历史。

我站在石碑前，骤神凝望，凝望着隐没在历史云雾中的那一位清瘦干练的老年长者，那一袭长长的朱衣道袍。

赏析

这是一篇文化散文，展示的是明末清初通才、大家傅山先生的悲剧人生，文章写的都是通天大人物，惊世大事件，但笔调却出奇的稳健，冷峻，是一种对历史的"冷穿刺"。

写傅山，但散文一起笔却写的是"石头"。开始，"知道先生，是因为一块石头……"接着"认识先生，还是因为石头，这次的石头不是一块，而是四块……"文章的这种切入看似漫不经心，但"功课"就在期间，这种精心设计的陌生感，正是一种惊艳的刺激。

在漫长的时间跨度和众多故事中，作者把傅山的悲剧分为明末清初两节来写。第一节写傅山京师联名上书救恩师的大义，因此得罪奸臣魏忠贤，埋下了悲剧的祸根，接着用取道号、穿红袍、反清复明的事写傅山对明朝的愚忠，因为他的大义，冲击了朝廷，即使他愚忠满满明王朝也不领情，于是悲剧便产生了，对明朝这个朝代，傅山还真不如秦淮名妓李香君看得透。第二节写傅山与清朝的矛盾，康熙对傅山反清复明的事不但不追究，还赐酒宴，封高官，授高位，这回是傅山不领情了，玩起了拒考罢宴不受封，因为在傅山的眼里，清朝是蛮夷统治，算不上正统，这样弄得康熙热脸贴了个冷屁股，表面虽然大度，心里却恨死了他。于是悲剧再一次发生，明清两代的史书对傅山只字不提，彻底把他踢出了"历史的圈子"。

在矛盾的冲突中塑造人物，在故事的叙述中完善性格，从历史的深处揭示命运，这样不但傅山的形象更丰满真实，也给读者剖析人物，解读历史留下了广阔的思考空间。

（刘香芝）

安国，安国，何以安？

　　一个不大的寺院，进进出出也就那么几个院落，但却有一个十分了不得的名字：安国。安国的意思是国家安定，这是何等大的事，岂止是一个寺院能够担当得起的。中国几千年的历史，周安过，秦安过，隋安过，唐宋元明清都安过，可谁想到，弄得弄得，最终一个个又都不安了。虽说天下兴亡，匹夫有责，但这安与不安的事，自古以来就不是一篇小文章，做得了这样文章的，也不是像我这样的小文人。我曾三次游过安国寺，从来没有动过要写它的念头。连我自己也弄不清这是因为安国这样的题目太大，还是由于我的心力不足。

　　据史料记载，这寺院原来并没有"安国"这样的名头，只叫安吉寺，安吉寺这名字是普通了点，但意思也挺好的，平安吉祥，在中国浩如烟海的词语里，也应该是顶尖的两个词了，这样好的名字不叫，改成安国寺，总觉得给了人一种沉甸甸的压力。

　　安国，安国，国何以安！

　　先看看这段文字：

　　"安国寺原名安吉寺，据碑记创建于唐贞观十一年（637年），曾为唐代宗昌化公主的食邑地，代宗以佛牙二枚赐于昌化，置铜塔贮之，今寺中铜塔楼就是当年贮放佛牙之处。"

　　文字给我们提供了这样的信息：首先是唐贞观十一年，这是一个十分了得的时代，贞观之治时的中国，那可是名副其实的盛世。再一个信息就是这安吉寺原本是唐代宗赐给他宝贝女儿昌化公主的食邑地，一个皇家公主拥有这样一块封地，百姓用赋税供养着她，再加上这样一种极高的荣誉加衔，可以想象，珠光宝气的美女昌化，宫女引路，太监扶臂，云步款款，玉指点点，赏青山，品玉泉，展蛾眉，努娇唇，把一串的咯咯咯的娇笑洒在了这乌崖山麓。国安与不安的事用不着她这公主去操心，她只要用心享受这皇帝赐给她的平安吉祥就行了。安吉寺的名号也许正是这样应芳心而生的。

另一段文字是：宋仁宗嘉祐三年（1058年），镇西人王公左于古刹山巅筑寨，王称安国王，寨称安国寨，逐改名安国寺。

这一下就把时间推到了四百二十一年之后，这四百二十一年可不是什么好时候，大唐由盛世走向衰败、走向灭亡，接着来了个大宋，其实大宋一点也不大，虽然宋朝也算是一个精致的朝代，但允其量也只是偏安一隅的半壁江山，一会儿金辽杀过来要美女做老婆，一会儿西夏打过来要点金银，冷不丁还会冒出个大寨主、山大王什么的，皇帝老儿时常提心吊胆，平头百姓常常惊慌失措，朝野都不安了，安国就成了头等大问题。于是就有了安国王，就有了安国寨，最后变成了安国寺。一时间，这乌崖山麓好像成了一根擎天柱似的。

事实是，安国这样的责任实在是太重了，安国寺担不起来，安国王王公左也承担不起，当年的昌化公主毕竟是一女流，洒几点清泪，走就走了。而安国王王公左也许是像李逵一样大喊一声"你朝爷爷砍吧，二十年后又是一条好汉"式的人物，但他和昌化公主一样走了，他们的细节究竟如何，反正历史也许太匆忙了，连这样的一笔也没有记录下来，安国王走了，宋朝也走了，只是把安国寨留了下来，把安国寺留了下来。

此后的三百七十多年，安国寺经歌起了又落，落了又起，四方信众的高香点了又灭，灭了又点，但还是让忽必烈的不肖子孙妥懽帖睦尔和朱元璋的无能后代朱由俭在这不算太长的三百多年中接过断送了两个朝代。

是乌崖山太雄壮，挡住了野蛮杀戮者的铁蹄，是安国寺太幽深尘封了盛世的奢靡和乱世的喧嚣，安国寺在咏经诵歌的同时，竟成了一个传道授业的安静之地。连当年修建安国寺的先贤们也不会想到一千多年后的安国寺，竟走进了一个孜孜求学的蒙童，就是这个不起眼的山村男孩若干年后竟成为一个安邦定国的雄才。当年王公左的安国梦也在五百年后让这个男孩结结实实变成了现实。

他，就是被大清皇帝康熙誉为"天下第一廉吏"的于成龙。

当于成龙第一次跨入寺院时，他的第一印象肯定是"安国"这两个字，安国是什么意思，这对于"才智非凡""好读书"的于成龙一定不是什么问题，也可以这样说，"安国"这两个字是于成龙进寺后的第一课。六年时间，安国寺给了于成龙想要的，或者说是于成龙在安国寺找到了他想要的，他的追求、梦想和与他匹配的能力、才干、品格、意志都在安国寺突显出来。于成龙的这一切虽然已经被历史证明，但我还是想知道在安国寺于成龙究竟读了些什么书，连我自己也说不清，我为什么会对这个问题产生了兴趣。

于是我便有了这样的猜想：

他肯定读过经史子集，要不他不会说"经史子集千本万卷，无非四个字（仁义礼智）而已"。他读过程颢、程颐的《二程全集》，朱熹的《朱文公文集》及《朱子语类》。要不他不会认为这些书的核心是"天理良心"四个字。我想他更痴迷于《论语》，纵情于"学而优则士"，要不他也不会一口气把书读到了三十五岁，而且还远赴太原崇善寺求学，在当初并不十分重视读书的吕梁山的方山来堡村，这不能不说是很奇葩，也应该算一件卓异的事了。

于成龙喜欢读书，但他并不是那种做学问的人，于是就有了"好读书，不喜章句"的特点。于是就有了读李白《嘲鲁儒》，"鲁叟谈五经，白发死章句，问以经济策，茫如坠烟雾"时，拍案而叹"学者要识得道理，从头做去，诵咏呻吟，有何用哉"的感叹，于是就有了两度科考落榜的扫兴，就有了"我辈虽非科第中人，上古之皋、夔、稷、契，岂尽科目中人耶"的自慰，就有了学苑才子，考棚拙夫的戏语。

这一切也许正好为他开辟了另一条读书途径。

我想，在安国寺里他也肯定读过《孟子》，明白了大丈夫要修身，齐家，治国，平天下，读过《后出师表》，懂得了志"当存高远"和"鞠躬尽瘁，死而后已"。读过曹植的《赠白马王彪》，便有了"大丈夫志四海，万里犹比邻"的胸襟，读过陈恭尹的《射虎射石头》，记住了"丈夫不报国，终为贫贱人"的训辞，于是就有了奔赴荒漠边远，财瘦民刁且万里之遥的广西罗城当七品芝麻官的壮行，就有了哭送亲人去做官的怪事，就有了面对儿子"我做官在外不管你，你治家在里莫想我"的"绝情"，就有了"满城六门人"的孤凄县令，就有了四面通风的关帝庙做县衙，周仓神台当卧榻的传奇。此时我们不应忘记的是，在方山的来堡村多了一位八十多岁的留守老母，三个嗷嗷待哺的留守儿童。

在这里于成龙还应该读过左丘明的《左传》，记住了"廉者民之表也，贪者民之贼也"和"不贪为宝"的箴言，读过明代薛宣的《读书录》，记住"一念之欲不能制，而祸流于滔天"的警示，他应该还读过包拯，也读过海瑞，就有了罗城除弊、台州抚民、黄州息盗、武昌抚军、闽省整吏、直隶赈民、两江易风的政绩，就有了县令离职无路费，知州赴任吃萝卜的美谈，就有了"于青菜"的美誉，就有了二十余年为官，三次被举卓异的奇迹，就有了康熙皇帝"天下第一廉吏"的褒扬和"清瑞"的谥号。

这个大大的"廉"字不是康熙写的，它的书者应该是于成龙。

在安国寺，于成龙还读了什么书，其实我不知道，知道的是安国寺的那一楼一屋、一桌一椅，是乌崖山的一山一水、一草一木。

然而他读得再多，开始的一定就是那两个字：安国。

安国，安国，何以安？

于翁成龙先生知道。

赏 析

《安国，安国，何以安？》是一篇文化散文，在强烈的时空意识中，一幕幕历史画面缓缓切换，图解的是一段历史的兴衰成败，这正是"思接千载，视通万里"，也正是散文形式自由的妙处。作者手握"安国"这一风筝引线，任思维驰骋古今，游历在中国社会一治一乱的轮回循环中。在安吉寺向安国寺演化的过程中，有着浓浓的历史定规，王公左称安国王，改名安国寺。然而，这样的大任王公左担当不起，安国寺担当不起，于是天下又不安起来。直到一个不起眼的蒙童的出现，才看到了安邦定国的希望。这个人就是一代廉吏于成龙。

文章正是由"不安"到"安"的脉络行文，一反一正的巧妙构思，使得文章散而不乱，最为精到的是作者写于成龙是如何成为安国之臣的，作者展开了大胆而又合理的猜想：由经史子集到程朱理学，由孔孟之道到诸葛亮等，再到历朝历代的功臣名将。是这些中华文化，历代英雄成就了于成龙，也许这已是历史赋予安国寺的使命。于成龙在安国寺找到了他所需要的。因为安国寺于成龙得以成长，因为于成龙，安国寺才实至名归。这应该正是本文对"何以安"的解读。

构思的精巧，立意的高深，感情的炽烈，文化底蕴的深厚，是这篇文章的四大亮点，正是这篇散文的成功所在。

（刘卫华）

石窟背后有座山

如果没有这些雕刻，武周山也就是一座普通的石山。在中国，像这样的山多得是，没有谁会刻意去记住它的名字。如果没有这些雕刻，大同也就是北国塞外一座普通的古城，在中国像这样的城也实在太多，大同也不会"牛"到哪里去。

西湖让杭州成为人间天堂，阳朔使桂林山水甲了天下，这是天工所至，造物主的恩典，能有什么办法！北京名扬天下，西安名扬四海，则是用几朝皇家的天威堆积而成，这虽然是人工使然，但历史上有这些皇帝老头能耐的人又有几个！然而只因一处石窟让一个充其量只算中等城市誉满天下的，那应该只有山西的大同。而这就是大同的云冈石窟。

看云冈石窟，得用一种特殊的游览方式。你不能像游颐和园一样，三五成群，挽着情侣，嘻嘻哈哈，轻松愉快甚至是漫不经心地享受美景，也不能像游览承德的避暑山庄，踏着青苔和蔓草，咀嚼着口香糖或瓜子，品读楹联和碑文。看云冈石窟需要的是静气，需要的是文化，需要的是历史，需要的是一本正经。甚至你还要有一种被历史调侃的心理准备，要有一种固有情感遭到颠覆后的心理定力。即使三五相伴，最好不要互相言语，最好是各看各的，各自留一份向历史深处抬头仰望的认读，也留一份像生命本源低头思索的悟解。颐和园和承德避暑山庄能装得下几百个几千个云冈石窟，但要真正看懂云冈石窟，能和那块石壁隔着时空对话以至产生情感共鸣，绝对不比游览颐和园省时，避暑山庄省力。

　　石窟的伟大并不完全在于数字，因此欣赏云冈石窟也不是一件数数字的事，但我这里还必须要先从数字说起，先看这样的数字对比：A，最大雕像，释迦牟尼坐像，高十七米。B，最小雕刻，无名佛，高两厘米。十七米是什么阵势，足足六层楼房那么高。两厘米则只有手指蛋那么大。相差应该是八百五十倍，一个巨无霸，一个小不点，这里的关键还不是大小的差别，而是在大小不同上表现出了同样的惟妙惟肖，大的精彩得动人心弦，小的精致得摄人心魄，要知道的是，那可是距今一千五百五十六年前北魏文成帝和平初年的石雕艺术，那时既没有脚手架，也没有升降机，更不是放大镜显微镜时代，最先进的也许就是些独轮车什么的。看云冈石窟不去想当年的劳作场面和创作过程是不可能的，可惜的是历史无法留下这样的记录。但我想，为了这幅艺术大作，累坏的、砸伤的，甚至从那十七米高处高空作业掉下来摔死的，应该是不乏其人，他们都是我中华石雕艺术的殉道者。

　　如果云冈石窟只有这一大一小两件雕件，也就罢了，虽然这东西也是国宝级的，但总让人觉得有些"小家子气"，看起来也不过瘾。好在这事让北魏人摊上了。好在北魏人的心志比这武周山要高得多，不整出个惊世骇俗来决不罢休，于是就有了东西绵延一公里的石窟群，就有了四十五个洞窟，就有了二百五十二个窟龛，就有了五万一千余尊石雕造像。就有了从文成帝和平初（460年）到孝明帝正光五年（524年）超越六十年的创作奇迹。六十年为了一部作品这不仅在世界石雕史上，就是在整个艺术史上也应该是绝无仅有。

　　不管你喜欢不喜欢，不管你有什么看法，写云冈石窟，这五个人你是怎么也绕不开的，他们是北魏文成帝拓跋濬、献文帝拓跋弘、孝文帝元宏、宣武帝元恪、孝明帝元诩。

　　和我们修建人民大会堂，修三峡大坝工程一样，云冈石窟在当初也应该是"国"字号工程，这几位"帝"级领导人就是这项工程的大董事长，如果他们中间有一位一时不高兴，发一道圣旨这一工程就会"斩立决"。当知道这一事实时，我不敢有所怀疑，但心里总觉得别扭，这倒不是他们那些半"洋"不土的名字让人不舒服，而是总认为他们这些鲜卑人，就是骑着马在大草原上驰骋的彪形大汉，就是大块吃肉大腕喝酒的赳赳武夫，就是在戏台上摸着大花脸，噎噎噎噎狂叫的丑莽之徒，而这满满文化，满满艺术，满满思想的精细石雕云冈石窟，怎么也和他们搭不上界，总认为像这种事就应该是由文治武功的汉武帝刘彻，文韬武略的唐太宗李世民这样的人做才对，我知道我的这种想法极其荒谬，但有这种想法的人也确实不在少数。

这应该算是一种歧视，这种歧视还很自然地由鲜卑族人波及他们建立的政权北魏。这也倒不是由于北魏确实太小，也不是因为他们这几位陛下在历代皇帝的圈子里分量太轻，他们确实也有着让人看不起甚至是讨厌的地方。

我们可以随便列出这样一例：

北魏这个朝代实在太忙，最忙的地方就是宫廷之内，最忙的事一是换皇帝，二是换年号，北魏从建国到灭亡历时一百四十九年，一共有过十四个皇帝，其中只有两个皇帝是病死的，其余十二个皇帝全都是宫庭改变换掉的。占到总数的百分之八十五点七多，特别是北魏的最后十年，竟换了五个皇帝，平均每两年换一个，这样北魏的皇上个个年轻，就数太武帝拓跋焘活得最长，也才只活了四十五岁，北魏还有一件事就是换年号，一百四十九年时间共换了三十五个年号，在历朝历代中夺了"头彩"。

自古以来，当兵打仗，下窑挖煤是绝对的高危行业，然而在北魏最高危的行业竟是当皇帝，像这样折腾的朝代让人看得起也很难，反过来一想，鲜卑族当皇帝毕竟是新手，安邦治国是大文章，他们做的不是那么老练，不那么精道，也是情有可原的，但有一点，不得不叫人折服，那就是尽管这样频繁更换皇帝，朝政肯定会受影响，唯独修云冈石窟这件事丝毫没有受到影响，而且是历任皇帝一任接着一任干，一干就是六十多年。这大概至少也应该算是一种民族精神。

当我们试图对这个问题做出解读时，我们才发现这是一种复杂的情感阻隔，儒家思想让我们多了几份儒雅，我们又心安理得地把这份儒雅当成了十全十美。由此也惯出了我们不少的坏毛病，最突出的是那些对少数民族的傲慢鄙视的民族心理，什么南蛮、北狄、东夷、西戎，什么匈奴、鲜卑、羯、羌、氐这可不单是老百姓口语中的事，就连《春秋》《左传》等儒家经典中随处可见。事实又是，我们可以把赵州桥叫作李春赵州桥，还有蔡伦造纸，毕昇印刷术，张衡地动仪，甚至每当人们提起万里长城总要把秦始皇的名字紧紧挂上。这都是因为他们有个正统大汉的好出身，还有一个事实就是，北魏文成帝打造云冈石窟与秦始皇修万里长城没有什么区别，完全可以这样说，没有秦始皇就没有万里长城，没有拓跋濬也不会有云冈石窟，在这点上拓跋不输于秦始皇更不输于李春、蔡伦和张衡。

和我们的偏狭与傲慢比起来，鲜卑人的剽悍而豁达，开放而又包容的性格倒有几分可爱，大兴安岭玩腻了，他们就跑到蒙古草原，蒙古草原玩腻了，他们又想舒展舒展筋骨，一鞭子便把战马打进关来，没想到汉人那么的不经打，他们顺手就把平城（今大同）拿了过来做了首都，建立了北魏，入关后，鲜卑人大开眼界，见汉人的饭好吃，衣服也好看，便制定了吃汉饭穿汉服的政令。后来又发现，汉人的话更有韵味，汉人的名字也很有意思，汉人的文字更漂亮，汉人的女人更温柔，这回鲜卑人更彻底，就说汉语，就写汉字，干脆连原来的姓名也不要了，统统改成汉人的名字，再娶个汉族老婆，生出一个个汉鲜"混血儿"来。北魏的这些政策，不但让鲜卑人有了一个新的活法，就连一千二百年以后一位伟大的满族人爱新觉罗玄烨也从中学到了不少东西。

鲜卑族的这一变革，要比后来的满族人更痛快，鲜卑人没有像满人那样在接受汉文化时，还保留了削发留辫子这样一些满族人的习俗，以显示作为战胜者的优越和霸气，满族人固然是赢者，鲜卑族也不是输家，我们应该把它看作两种不同的文化的认同方式。说白了，就像两个人各自用自己喜欢的方式选择一种自己想要的活法，各自感觉好就行，别人没必要说三道四。有一句很传统的话是这样说的，鲜卑族用武力征服了汉人，汉人用文化征服了鲜卑族。我对这句话很不认同，前半句虽在认怂，后半句又在逞强，这句话显然强调的是后半句。何不说成，鲜卑族用武力征服了汉人，又用才智选择了汉文化，这不更好。失败就失败了，都是自家兄弟，何必硬去逞那份能。

事实上，多少年来我们对这个北魏还真有些太小看了，其实他们在施政治国方面还是很有一套的，在首都平城他们很快发现在很远的地方还有一个叫印度的国家，这个国家曾有过一个叫释迦牟尼的人在棵叫菩提的树下只拈花那么一笑，就笑出了一个佛教来。这佛是个好东西，不但能教化人，还能和世。好，既然是这么好的东西，那我们就用了吧，所以北魏的佛教就盛行了，他们还发现，汉人的饭好吃，是有很多叫粮食的东西，长粮食的是庄稼，种庄稼的行当叫农业，这农业又稳定又有保障比游牧生活好多了。还有汉家的舞蹈、音乐，让这些在草原上听惯野狼嗥叫、战马嘶鸣，在战场上听够勇士的怒吼、死伤的惨叫的人好像进入美好的梦乡，神仙的宫殿，"全都是好东西，我们都用了"。鲜卑人是豪爽的，面对好东西从来不会客气。这就有了农业的空前发展，文学艺术的极大繁荣，为北魏这个不算大的王朝撑足了门面。

这一切给北魏带来了生机，也让北魏终于发现原来自己竟这样聪明，不！甚至是英明，他们高兴得有些兴奋，兴奋得有些陶醉，觉得自己的这份英明应该让百姓知道，也应该让历史记住。于是他们便选择了石雕，选择了武周山的石崖，刻吧，佛门众生都得有，刻它一个气势恢宏的佛家世界，刻吧，农艺舞乐不能少，刻它个丰富多彩的北魏社会。就这样叮叮当当六十多年，武周山再不是一堆冰冷的石头，云冈石窟这四个字把武周山这个千年名号遮盖得严严实实，并成为这个不太大的民族，这个不很强的王朝走过后留下的一个深深的脚印。

鲜卑族消失了，但鲜卑人没有死，他们已和云冈石窟一起融入了华夏儿女的行阵和中华文化的宝库。

北魏走远了，但云冈石窟还在，这就足够让它在中国历史中的各个朝代的行列里走出几分豪迈。

赏析

多么有深意的一个标题！

"云冈石窟"，名满天下！背后有座什么山？因石窟而名的武周石山？不止！

石窟背后有座山——劳苦大众之山，人民血汗，不懈雕琢；

石窟背后有座山——鲜卑魄力之山，鲜卑五帝，逆境崛起；

石窟背后有座山——民族精神之山，传承不易，动魄惊魂；

……

要读懂这背后之"山"，也需翻越"三座大山"：

一座"历史文化"之山。

没有历史，何谈石窟。独留一人，心怀忐忑，迈进时间隧道，还原那个真实的历史舞台，群英云集，众佛朝宗，"和那块石壁隔着时空对话以至产生情感共鸣",信可乐也!

一座"静气"之山。

去急躁之气,去浮华之气,去迂腐之气,养心,静气。石窟会回馈你一幅波澜壮阔的时代华章:佛、舞、乐、石,众生群像,文化碰撞……

一座"民族偏见"之山。

这座山翻越难度最大。民族偏见是一个很普遍的现象。有多少有识之士被那些一时的、莫名的民族傲气、民族情感蒙蔽,简化认知,僵化思维,故步自封而不自知。作者打破成见,以一个新的视角解读云冈石窟,意义深远。历史是由人民书写的,这个"人民"有着更广泛、更珍贵的含义。时代号召每一个有为青年打破狭隘的民族偏见,用真正的、正确的历史观、价值观来审视历史,放开心胸,包容并举,这才是我大中华的气量,也是作者的题中之要。

这三座大山需一一认真跨越,非如此,不可见石窟背后真"山"。

恩格斯说"世界史是最美的诗人",唯愿每一个青年都能"见山见水。"

(刘香芝)

孟门，千年不衰的气场

一

我忽然明白，如果我单单还是把孟门作为一个景观来写，那将是一个很大的错误。孟门作为一个景观，它有些粗糙，甚至有些零碎。因为原始的孟门早已被两百多年前的那三场大洪水完全毁灭了，让我奇怪的是这黄河大洪水也实在下手太狠，不但三次"出手"，没有给孟门留下一点的毁墟，更不可思议的是，那条它好好地走了几千年的主河道也因此索性就不走了，还偏偏在古孟门的上游向东拐了个弯，这一拐硬生生地把与吕梁山脉紧紧相连了千万年的孟门遗址切割出去，迁到河西。成了吴堡石山下的一块滩地。自古秦晋以河为界，就这样黄河把一块山西的土地白白送给了陕西。晋土变成了秦地，这虽然应了中国那句三十年河东三十年河西的老话，但这种用"暴力"毁城割地的事也实在太过残忍。白白得了土地的陕西人是否有过天上掉馅饼的喜悦，不得而知，孟门人那种痛彻心扉的悲伤和无奈我们完全可以想像得到。

这里我们试着把那场惨烈的场面还原一下。天空，大雨倾盆，电闪如炬，炸雷贯耳。河内，洪流喷涌，惊涛拍岸，洪水以压顶之势扑向了风雨飘摇中的孟门古镇，顷刻间，土地淹没了，街道冲毁了，大树倾倒了，房屋倒塌了，人畜冲走了。洪水的咆哮吞噬了人畜的哀号，那些侥幸从洪水中逃出的幸存者跟跟跄跄爬上堤岸，面对毁掉的家园和冲走的亲人，除了撕心裂肺的痛哭外，一定还有对这黄河恶狠狠的咒骂。

如果我们再做这样的推演，那就是，他们哭累了，骂够了，便缓缓地跪了下来，面对黄河深深地叩了几个响头。注意：这回他们叩的是死去的亲人，而绝不是那条黄河。"我该到哪里去？"当他们回转身时，首先一定是这样问自己的。

事实是他们来到了枣峁上村，选择枣峁上村又一次表现出孟门人的聪明。一是枣峁上村地势较高，可以避开黄河洪水的冲击，二是枣峁上村背靠大山，让人有一种踏实的感觉。对这些丧家失园的人来说，能有这些已经足够了。

时间一天天过去了，于是他们该上地的上地，该下河的下河，该娶妻时娶妻，该生子时生子，他们把根扎在枣峁上村，时间久了，他们突然觉得不太得劲起来。

"你是哪里的？"免不了有这样的问候。

"我是枣峁的。"不得不这样回答。

这让他们别扭极了。完全是一种"过继"顶门的感觉，他们觉得枣峁这名号太小气，太没劲。被称作枣峁人好像少了什么，矮了一截。枣峁就像一顶帽子，让他们不得不戴，可又觉得实在太小。

于是众人一合计，就把枣峁改成了孟门。这样他们的心才算安了下来。这种村名的更改说到底就是一种"嫁接"，然而多少年后这枣峁上村还果真"长"出一个新孟门来。这才算满足了他们祖祖辈辈就是孟门人，子子孙孙也必须还做孟门人的愿望。

于是他们仍然下河打鱼，下河捞河柴，摆渡时的号子也响亮了许多。时间久了，怨消了，恨没了，他们仍然说这是"我们的黄河"，仍然称黄河为母亲河。

这一切说起来好像有些离奇，然而孟门文化还就应该从这里开始认读。

二

　　孟门，听这名字就有些霸气，世界上的任何霸气都是由它的资格、本事、底气甚至背景决定的。为了验证我的这种感觉，我试着捋了捋它的简历，这一捋还真让我发现了它的不同寻常。

　　孟门的"出生"完全称得上是惊天动地的事件，由此还引出了一位开天辟地的人物。《吕氏春秋》说："吕梁未凿，河出孟门之上，大溢，禹凿龙门水南流。"再看《尚书·禹贡》的记载："大禹治水，冀，开壶口，由梁及岐。"这两本书的作者在我这篇文章中也只是个配角，但他们却都是不同凡响的人物。前者吕不韦，战国时期秦国宰相，一字千金的《吕氏春秋》奠定了他思想家，文学家的地位。后者司马迁，西汉太史令，受腐刑而著《史记》，被称为千古"史圣"。至于他们提到的禹，就是那个与孟门结缘最深的人。《水经·河水注》上说："龙门未辟，吕梁未凿，河出孟门之上，名曰洪水，大禹疏通，谓之孟门。"民间的传说更传神，大禹足踏巨石，挥起开山大斧，一斧劈开蛟龙壁，洪水尽泄，于是就有了天下黄河第一门的孟门。我们先看看这禹的来头，禹的祖爷爷是华夏始祖黄帝，爷爷是颛顼帝，光这家庭背景已经足够吓人了。他的最大功绩就是大禹治水，拯救万民。其事可谓惊天动地之伟业，其人可称开天辟地之伟人。他一斧劈出个孟门来，孟门自当是天子亲造的皇家产业，孟门攀上这样的人物也就是真正的"皇亲国戚"了，实在是想不出名也难。

　　可以这样说，孟门的出生和出名应该就在同一天，就在大禹的那一斧之后，究竟在哪一天，无据可查。史书的记载也只有"洪荒时期"四个字，但大致我们可以断定，孟门至少应该有四千六百多岁了。那时的北京还只是一片旷野，直至两千多年后，才在琉璃河镇建了个小小的燕国，秦代才设立县置，那时还没有北京，只叫蓟县，这时它才与春秋战国时早已设为蔺邑的孟门站在了一个级别。至于今天的大上海，"洪荒时期"也只是一片海滩，应该连条渔船也没有，秦汉以后仍还没有上海这个名字，只有海盐，由拳，娄县三个小县。唐天宝十年才设立华亭县，算是有了独立建制，根本就和孟门不在一个档次。那时的孟门要比现在北京牛气得多，要比上海吃香得多。

如果了解了这段历史，再来这里看孟门，我们似乎可以更能感受到一种悠远的气蕴，它不像苏州一样，专供闲人雅士休憩，情人相依相拥的那种缠绵与这里似乎不太协调。这里没有粉楼中的姣好面容，却有巨石上大禹踏下的脚印；这里没有柔婉的言语，但有易水壮士低哑的喉音；这里没有细水润花蕊的细腻，只有浊浪推顽石的粗犷；是的，这里更没有歌坛诗社的柔声吟咏，丝竹锦瑟的悲腔欢调，有的是莽林的呼啸石山的铿锵和黄河的咆哮；对了，这里还没有园林殿阁，但这里可以摆开战场。

于是，孟门再怎么梳妆也成不了小家碧玉，再怎么遮盖也无法掩饰它的隆隆胸肌。于是，几千年来，这沉重的孟门之门从来不曾关闭，不管高低贵贱来的都是客，迎来也罢，送往也罢，赠一抹南山黄土，送几滴黄河水珠，不嫌重的，还可以捡几块河石带上，说不准还会捡到珍贵奇石，这就要看你的运气了。孟门人从来不小气，捡到什么宝贝你尽管拿回去，这就是孟门人特有的脾气。

三

孟门真的是有些太男人，如果按社会属性划分孟门应放在武士的行列，按诗歌流派划它更像关西大汉唱的大江东去，如果按动物类比，很容易让人想起金钱豹。到了孟门，望一眼南山，看一眼黄河，谁都无法淡定，有时甚至还会激越出一点"失态"。两千多年前的孔子，什么来头？绝对的圣人级别，这样级别的人应该是从容淡定，心如止水，温文尔雅，文质彬彬，泰山崩于前而不变色，麋鹿兴于左而目不瞬。孔子慕名来到孟门，正好看见滚滚的黄河中有个道人在戏水，以为是有人要寻短见。就脱帽、脱鞋，跑着喊着要下水救人。我们可以想象，这时的孔子完全没有了圣人的庄严，文人的斯文，他的激越，他的"失态"，让人看到的并不是孔夫子，倒活脱脱是一个该出手时就出手的梁山好汉，我们这里不去讨论孔子该不该这样去做见义勇为的英雄，也不说在这滔滔的黄河边一个儒家圣人和一个普普通通的道人演义的掌故中有多少文化元素，我想说的是大圣人孔老夫子的这次可爱的"失态"，也许一生就这么一次，但他就发生在孟门，就发生在黄河边。

如果说孔子的"失态"给孟门留下的只是一个历史的美谈外，另一个人的激动给孟门留下的却是实实在在的东西。这个人就是大唐天子唐太宗李世民。李世民文韬武略，无论是他自己还是他创建的大唐王朝，在中国历史上八十三个王朝五百五十九个帝王中都是数一数二的，这样的人什么样的惊涛骇浪没有经过，什么样的名山大川没有见过。不用说失态，就是要他激动一下恐怕也是很难的。唐贞观十三年，当李世民行走在"若壁插天，甚感壮美"的孟门南山时，走着走着就激动了，这一激动不打紧，就激动出了一道圣旨，一句"奉天承运"就忙坏了开国大将尉迟恭，就是大兴土木的建造，就有了被誉为"黄河中游第一刹"的南山寺。后来，跟着李世民激动过的皇帝还有几位，他们是：宋仁宗赵贞、金世宗完颜雍、明太祖朱元璋、明仁宗朱高炽，他们曾都降旨南山寺，特别是金世宗和明仁宗，他们一个不惜圣墨御笔给寺院题写了"灵泉寺"的匾额，一个敕赐封号。有这么多皇帝宠着爱着，南山寺的誉满天下也就不是什么奇怪的事了。

说起对孟门宠爱的人，我们还不能忽视了这样一个人，他的名字叫韩康，是春秋时期晋郡穆候的后代韩厥的玄孙，韩康是赵国的一员战将，屡有战功，韩康认为是孟门这块宝地成全了他的功绩，对孟门关爱有加，于是赵王就把孟门封赐于他，赐蔺为名，始设蔺邑。在中国古代邑相当于县，所以孟门县的名分应该从这个时候算起，应该是中国资格最老的县了。因封得姓，韩康的后代就都姓了蔺，在孟门的蔺氏后代中最出名的是赵国上卿蔺相如，他完璧归赵、渑池相会和将相和的事迹在《史记·廉颇蔺相如列传》中都有记述，他应该是孟门出了的最早的名人。

历史上究竟还有多少人这样宠着孟门，我们已无法弄清。他们宠孟门的原因各有不同，但有一条可以肯定，孟门必有它的可爱之处。引无数英雄竞折腰，不用多说，有伟人的这句话就什么都明白了。

四

在孟门人看来，当年水毁孟门损失最大的并不是那些财物，而是自信、底气、荣耀，是几千年的风光。

现在北京人牛气是因为北京的"贵"，上海人骄恣是因为上海的大。当年孟门人也曾牛气骄恣过，那是因为孟门不只是孟门，而且还是孟门县。这个"县"字曾是孟门人千年的骄傲。

自那个"县"字被大水"冲"走之后，孟门便归于低调，低调的几近消失，他们还说孟门县，但缺少了底气，显得有些不好意思，在许多人看来，那时的孟门很无奈，很落魄，甚至有些狼狈。

但这几个词你千万不敢跟孟门人当面讲，孟门人会很不高兴的。甚至会认为这是在侮辱他们，贬损他们。孟门人不吃你这一套。有个朋友跟我说，如果你敢贬损孟门人，惹急了，他们会把你填了黄河。我知道这话有些夸张，但也反映出孟门人极强的自尊。

我曾和一位柳林的老先生谈起孟门，他告诉我，水毁孟门那么大的劫难，孟门人没有一个离开孟门去逃难。我翻阅了许多有关孟门的资料，果真没有这方面的记载。老先生说，孟门人就这脾气，他们可以遭劫难，但不会去逃难。可以成落难的人，但不会成为落魄的人。孟门人出去时总要体体面面，回来时一定要风风光光。

事实是孟门人在那场大难后就没有闲着，更没有颓废。

在不太多的孟门资料中，我发现了孟门最大的财主陈家的家谱，陈氏是孟门第一豪门，历史上陈家人有做过知县，钞库官和巡盐规运官，还有两个大将军。当年水毁孟门，陈家豪产损失殆尽，人员伤亡最多，然而没用几代，陈家在枣峁上村重建家园，又一次雄起成为远近闻名的大户，流传中的"七狼八虎"说的是中兴后陈家人的能耐和强势，"陈家半道街"则表明陈家资产惊人。陈家的家谱很有意思，序言前半篇是用文言文写的，后半篇则是白话文，整个家谱很有文化气息。谱名用"孟门"打头，为《孟门陈氏宗谱》。"孟门"这两个字在他们心中很重。

这种感觉不仅仅是陈家，好像孟门人都这样，孟门高家塔的高姓不但是大户，更是官宦人家，第六至八代传人中就有九人在朝做官，而且宰相、都察院右都御史、按察司史这样的高官就有三个。武宗皇帝专为右都御史高崇熙下的圣旨就有三道。苏州兵部副史高金，为官铁面无私，处死国戚牛氏轰动朝野，连嘉靖帝都说"此乃天下直臣，朕所畏惮。"就是这样的人物，自号"孟门先生"。孟门人就是这样，不管走到哪里，官做多大，即使是不怕天地的刚直之士，都会把家乡孟门柔柔地揣在怀里。

写孟门，这个村千万不能落下，因为它实在是太"孟门"了。

村名后冯家沟，村不大，二百来口人，不声不响地藏在镇北的一个小山洼里，村名土得掉渣，如果你因此小看它，实话告你，错了！

外面看去这村不显山不露水，给人一种躲藏的感觉，走进村你才会知道什么叫作海水不可斗量。就这么一个小村，大小二十六个明清四合院，分五层排列在山洼两侧，窑洞依山取势，有厦椽型、厦椽无根型、一炷香型、接口型、砖瓦型五种，其形古朴雄厚，气势凝重，活脱脱一个农村版平遥古城。

试做一个推测，这个现在只有两百零九口人的小村明清时期充其量也就是六七十口人，这样算来平均不到三口人就拥有这样一个大院，家家都应该是不小的财主。村支部副书记李步福的介绍印证了我的推测，他说，新中国成立后村里土改定成分，最穷的贫农家至少也有一个四合院，还雇佣着长工，要比其他村的地主也富得多。当地有这样的说法：小泉则家没怂的，后冯家沟没穷的，前一句说的是剽悍，后一句说的是精明。后冯家沟人脑子活泛全是能人，他们都是临县碛口镇的名商，他们只在碛口设门铺开商店，但从不置产业，白天赚下白花花的银子，晚上便用口袋背回后冯家沟，攒够了就修一个四合院。在他们眼里，碛口只是他们的一个淘金地，后冯家沟才是他们真正的家。

五

这次来孟门前，陈黎云就给我讲了水毁孟门的故事，我担心这次出行将会是一件到了孟门无孟门的憾事，两天行程中，我见到了老支书陈步亮，这位年已八旬的老人栽植了满山遍野的枣树，竟在一棵树上嫁接了二十六个品种，结出了二十六种枣来，硬是把科学技术"玩"成了"杂技"。黄河大堤建筑工程，旅游基地开发工地正在机器隆隆，企业家说不但要开发一个新孟门，还要再造一个旧孟门，这事如成了无疑将是千年孟门的第二次勃发。青年诗人陈黎云一头扎在孟门文化的研究中连个对象也顾不得找，面对父母的抱怨只是眨巴着两只小眼睛傻笑。

那一天，下雨，七十多岁的陈家爷爷打麻将回来，不打伞，抱着个马扎，一搭腔，就聊上了。老人健谈，先是七狼八虎半条街地夸了半天，接着就是"老婆是男人最大恩人"的感慨，而且还连续强调了几次，好像在教导我们。问他老婆的事，他说，三十多年前就被他赶走了。说完就匆匆走了，说忙。

是的，不管什么事，孟门人都在忙着今天，但今天就是明天的历史，历史的隐退没人能够阻挡得了，如果我们在整理今天的同时，腾出一只手来，回头拂去覆盖昨天的尘土，让今天体面的同时，也不要让昨天过于委屈。

还是那天，我们来到陈家老宅，当一位青年打开老宅的大门，一股轻风徐徐吹入，在这古今的对接和融合中，我突然觉得古老的孟门和现在的孟门就在同一片蓝天之下，满心都是到了孟门皆孟门的快慰。

我试图把这诠释为孟门的气场，但不知道是否确切。

赏 析

读这篇文化散文，很容易让人想起余秋雨的《文化苦旅》。这篇散文最明显的一个特点，就是大气。

作者跳出时空，还原二百多年前那三场特大洪水，水毁古孟门，孟门人惊魂逃离。迁徙"枣峁"，再把枣峁建成"孟门"，几个画面，百年沧桑，可见其情怀和气场。驾驭这类作品更需要作者的气场，这种气场常常表现在行文的大开大阖，然后是人物特写，从洪荒写来，写到《吕氏春秋》，写到《尚书·禹贡》，写到《水经·河水注》，有斧劈巨石的大禹，有文圣孔老夫子，有唐太宗李世民，以及宋仁宗赵贞等帝王。有《史记》里记载的"韩康"及后代，一代名相蔺相如。这阵容是够豪华的了，但远不止这些，还有孟门已经是一个"蔺邑"时，北京还是一片旷野，上海还是一片无名海滩。还有，后冯家沟村坐落的二十六个明清四合院，这阵势何其之大，然而文章结尾时作者只轻轻落在当今孟门八十多岁老党员陈步亮和青年诗人陈黎云这两个"小人物"身上。

杂是杂了些，但用"气场"串起来，一点不乱，开是开了些，但阖的不愠不躁，镇定自然。这是真正的纵横捭阖，荡气回肠。

（李云飞）

还你一个更年期

　　近来心里总觉得有些烦，烦什么？连自己也说不清。怕有人邀请吃饭，怕来人没话找话闲聊，怕手机响，怕敲门声。看电视烦，浏览电脑烦，甚至连看书写东西也烦。这时才真正觉得烦是天下最难熬最不好忍受的一种感觉，远远胜于孤独疼痛之类。

　　于是常常自我寻找这烦的原因，把自己尽量想得坏些，做过什么亏心事吗？细细盘点，虽然自己脾气不好，但心地不坏，小脑不是太发达，大脑还是蛮清醒的。当过那么多年小官，可惜一直是个副职，什么字都写过，就是没写过"准支"两字。不是不会写，是没那权。给别人也办不了什么事。饭吃过人的几顿，一般都是配角，纯属陪吃，酒也喝过几瓶，是人家的平衡之举，属于安慰奖一类的性质。人贵有自知之明，知道自己在人家心中的分量，所以这嘴只能辛苦地吃，不能痛快地说，功能锐减一半。至于钱，你就想拿也没有人给你送。贪官绝对算不上，不用说公检法，就是纪检委也不会来找麻烦。什么损人利己，甚至损人不利己，担心鬼敲门的事咱没干过。五十一岁从这小领导的岗位上切下来，也有五年时间了，钩心斗角的人没了，争名夺利的事没了。不应该有什么可烦的。至于儿女们各自有家庭、工作、房子，小日子过得还行，没有什么需要操心的。老婆心里只装着家庭、儿女，现在再加上孙子。孙子出生的时候，把她工资本上的钱全贴进去不说，几个月下来，折腾得瘦了一圈，还以为自己当了奶奶硬提拔了一级，二百五似的乐得屁颠屁颠的。你说烦个啥，朋友说我是天生操心的命，纯粹自寻烦恼。

一天，全家聚在一起闲聊，我说，我烦。老婆说，当和尚不烦，你去呀！她这虽然是气话，还真和我想得差不多，我真还有过去五台山当和尚的想法。头一剃，拿一块蒲团，双腿盘坐，两眼紧闭，手捻念珠，口念阿弥陀佛，清心寡欲，省去一切烦恼，活法不错。女儿说，你以为现在和尚就那么好当，一要大学本科学历（我说这我够格，还是全日制的）。二要年龄在四十五周岁以下，我想，当和尚既不是找对象，又不是干部提拔，还限制什么年龄，实在不行，咱少报上几岁不就行了。以前男人年龄大了，不好找对象，隐瞒十来八岁是常有的事，我的一个亲戚就比老婆大十一岁，结婚快四十年了，去年才自己不小心说漏嘴，老婆大呼受骗，让老牛吃了自己这么多年嫩草，觉得冤枉得不行，也只能怨自己当初爱得禁不住，连起码的"政审"也没搞好。把自己白白贴进去，怨谁？想到这些，我说，我就不信现在寺庙里的档案能管理的这么严。

女儿见我讲认真，似乎害怕我的这种想法发展下去真出什么问题，便拿出她的第三条理由镇我，说，现在像你这样的人去当和尚，还得征求配偶和子女的意见，女儿当即表态，她不同意。儿子有些玩世不恭，说，你以为庙里就没烦心事吗？真是老天真。老婆当即附和，什么老天真，我看是个十足的老糊涂，去就去吧，省得每天看着你烦我也烦。我知道老婆的话是反话，我要真去当和尚，恐怕第一个哭鼻子抹眼泪的就是她。

第二天，儿子走了，我还是烦。

又过了两天，女儿走了，我仍然烦。

这几天，老婆对我说话格外的小心翼翼，担心她一不小心哪句话把我的烦勾起来。一次，说她有事要出去，临走时还一再嘱咐我说，你心烦就不要乱想，就在家里看看书。

老婆走了不一会儿,来了一位老朋友,朋友当过乡镇干部,说话直,嗓门大,一进门便嚷,老弟,听说你病了,得了什么先天性更年期综合征,这病的名字好怪,今天老哥来看看你。一听这就是老婆的话,便知道这老哥一定是老婆请来的。朋友快人快语,开口便劝,你说你有什么可烦的,依我看不就当了十几年官没当个正职嘛,我看这正是好事。现在你应该庆幸你没有被提拔,吃的安然饭,睡的踏实觉,轻松悠闲,没什么可烦的。朋友见我否定他的猜测,便说,那就是过去有过什么中意的人,没有搞到手,有些后悔,这更没必要,十二分的情人也不如五分的老婆,这个老兄有经历,接着他讲了自己过去的一个故事,朋友年轻时有个相好的,一次他让相好的给他洗洗袜子,人家嫌臭,结果招来一顿臭骂,回到家里他把袜子扔下,老婆悄悄把袜子洗了,还找了针线给他缝补破处,针拔不过来,就凑在嘴上用牙咬着拔。这一幕让他后悔并感动了半辈子,朋友说得很动感情。

就这样,每隔几天老婆总要出去办事,随后总要来一个劝说的。劝说者搜肠刮肚极其认真,好像他们并无烦事,而且个个都是治烦的高手,其实他们都是根据自己的烦来治我的烦,有时竟说着说着就诉说起自己的烦来,好像他们的烦比我还多,竟和我同病相怜的一起烦了起来,以烦治烦烦更烦,我实在无法忍受老婆安排的这种车轮治烦战术,便对老婆大发雷霆,一顿数落。

老婆见自己精心设计的车轮战术失败,大为失望,先是默默落泪,继而饮泣,接着呜咽,最后竟放声哭诉起来。你烦什么烦,我还不知你烦什么烂事,如果你所烦的那些事实现了,我看你早已不是个东西了,不值一分钱了。当初你工作不顺,你烦,我体谅,后来你生意赚不了钱,你烦,我理解,你从二十多岁一直烦到五十多,一烦就是三十多年,我品兑了你三十多年,怕你烦,我三十多年没敢在你面前烦过一次,人说你是更年期,我看你是先天性更年期,一辈子你都更不完！人家别的女人都有更年期，我怕你烦，怕得连个更年期都不敢有，别的不说，你还欠我一个更年期呢，说着便泣不成声了。

老婆是个极能忍让的人，属于忍辱负重的那种，我从未见她如此失态，她山洪暴发般的哭诉把我惊呆了，我想劝她，但又觉得不知说什么好，我躲在书房里想，这更年期究竟是个什么好东西，别人想躲都躲不过，她倒羡慕，还把她心疼成这个样子。

想是这么想了，但心里总是怪怪的，正因为这怪，总觉得这里有些不对劲，是什么，又有些说不清。一次，和一位研究心理学的朋友闲聊，我便把老婆的这话当笑话讲给他，没想到朋友却指着我十分认真地说，老兄，你别笑，你罪莫大焉！

我笑他故弄玄虚，他责我扼杀天性。看到朋友似乎有些激愤，我的心里不免有些发虚，朋友说，女人的更年期和月经一样是一种正常的生理现象，如果不让半老徐娘有更年期，岂不是和不让青春少女有月经一样荒唐甚至残忍嘛！

朋友的话不得不让人深思，细细想想，这里还真有问题，更年期是烦人的，女人的月经也烦人，女人生孩子更痛苦，但女人本能地无怨无悔地承受了这份烦恼和痛苦，好像没有这烦恼和痛苦还不算个完整的女人，她们甚至把这烦恼和痛苦当作一种做女人的本分和自豪，失之反而觉得是一种缺憾，更为痛苦。

是的，这时我才意识到妻子似乎真的没有表现过令人烦恼的更年期，如果她的这一生理本能真的是因为我的多烦、强势和她的忍让、善良而压抑、而扼杀，这完全是妻子为爱的一种额外牺牲。而给她带来这种伤害和痛苦的，就是被她深爱着的丈夫——我。

这时，我那久蓄的烦意竟消失得无影无踪，静心想想，是的，妻子也真的应该烦一烦，哭她几声了，我欠她的这个更年期还真得一定得还给她……

赏析

阅读这篇散文，仿佛一下让我们明白了写文章和说话的关系。

许多同学写文章，无从下笔。因为我们常常把写文章想象得太过神秘。其实写文章就是说话，是本能地说话，自在地说话。

不妨我们就以"我"来起笔，自言自语，自说自话，甚至唠唠叨叨。只要是"心里"的话，怎么写都成。

当然了，写的时候，得围绕一个中心，比如这篇文章的中心"烦"。作者最大限度地渲染自己心里的"烦"，与自己的子女们讨论"烦"，与妻子邀来的说客讨论"烦"，最后在妻子的一番无比委屈嚎哇哭叫中，"我"竟然突然间"不烦"了。

有了一个中心，好像是受到了一些限制。但有了一个中心，其实这要比海阔天空信马由缰更好写。手里扯着风筝总比扯着空气好玩得多。

文章的语言，其实玩的还是艺术，不时来一下插科打诨，嬉笑怒骂，指桑骂槐，声东击西，含沙射影，就有了味道。嬉笑怒骂皆成文章。

高考作文怎么写？也就是围绕一个话题来写嘛。要写够八百字，也必须"絮叨""拉扯"出去，尽量地把那"风筝"放得远一点，该收了，要收得回来，烦什么烦，吃饱了撑的！老婆的更年期，为什么竟然不烦？"收"得也巧。

（李云飞）

别太把自己当主体

应朋友之邀，参观了他的奇石收藏。两间不小的房子里到处摆放着奇珍异石。惊叹大自然天然成趣的奇妙，也赞叹朋友慧眼识珠的匠心。看完了，朋友要我写几个字，我便写了"人藏石原自爱好，石藏人却在精神"赠他。我告诉朋友，在你收藏石头的同时，石头也收藏了你。你收藏了它的形，它却收藏了你的心。

天下之事，概莫例外。谁是主体，谁是客体，关键在于自己的内心。骑士骑着骏马在大地上飞奔，骑士十分自豪，十分得意，他的自豪得意在驯服驾驭了骏马，展示了自己的风采。而骏马却不这样认为，路是我跑的，一切风采来自我的潇洒，我的俊逸，我的力量和速度。至于骑士在马看来，也许无异于它驮的一只羊，一块石头或者什么东西。骑士认为他是主体，因为他是骏马的主人。骏马则认为，没有我你只是一个普通人，不成为骑士，不信你下来走走，有谁会看你。它才真正是骑士的"主人"。一群蚂蚁在大地上爬行，俨然也是一个世界，人走过来了，鄙视蚂蚁的渺小，嘲笑蚂蚁的丑陋，发出蚂蚁撼大树可笑不自量的感叹。好像地球只属于人类，不干蚂蚁什么事。便拿起一根树枝戏耍蚂蚁，无聊地显示自己作为人的优越。但蚂蚁同样认为整个地球只属于它们，可笑的正是这些人。人只不过是一种外来入侵的庞然大物。一个硕大的头长了七个孔，一条粗长的胳膊上长出五个叉，丑极了，不是怪物又是什么。它对人的鄙视与嘲笑不屑理会，视而不见地独来独往。在人的戏谑和挑逗面前，它奉行"好蚁不跟人斗"的哲学，采取惹不起躲得起的战略，连一眼也懒得看，头也不回忙自己的，表现出人类少有的大度与宽容。如果有时逗急了，它也会不声不响地爬在你的某个部位，狠狠咬你一口，算是一种警告：走着瞧吧，千里之堤还溃于蚁穴呢。

主客体的博弈，就是太把自己当回事，太以自己为中心了，人收藏石头的同时石头也收藏了人，然而收藏石头的房子连人和石头一起收藏了。房子所在的楼又收藏了房子，小区又收藏了楼房，城市又收藏了小区……在这些收藏的链接中，谁敢说你是真正永恒的主体。

作家写文章也一样，你跋山涉水收集素材，苦思冥想写成文章，看起来作家是主体，其实文章一写完，这些文字就把你取代了。读者看到的是这些文字，是从这些文字中才认识了你。认识了你的思想、情感、个性、思维甚至人品，绝不是首先通过你才认识作品的。

因此，应谨记的是，也许你当过无数次主体，但是你充当的更多的却是客体。

赏析

智者之言！一念之间，主客立变。

一言哲理，万物有常，别太把自己当主体，善战者无名。当你陶醉于征服假象时，何曾想到，自己才是真正的笼中鸟。葛朗台得财守财，最终也只是给自己打了个金色的牢笼。陶醉成功之余，不妨转念一想，反躬自省，保持一分清醒！

二言生命，渺小，别太把自己当主体。众生平等，于天地观，"寄蜉蝣于天地，渺沧海之一粟。"与万物观，小小蚂蚁也可左右你。《三体》里说，几千年了，人类都没消灭蝗虫。何况你一个？

"你站在桥上看风景，看风景人在楼上看你。明月装饰了你的窗子，你装饰了别人的梦。"人物、事物无法置身事外，相互依存、相互作用，联系是内在的、永恒的。你以为的主体，其实是客体；你以为的客体，恰恰反客为主。

　　三言生活，身外无物，别太把自己当主体。一味只想自己，只为自己，只会作茧自缚，须知，人生大苦皆源于一个"我"字。"昔者庄周梦为蝴蝶，栩栩然蝴蝶也，自喻适志与！不知周也。俄然觉，则蘧蘧然周也。不知周之梦为蝴蝶与，蝴蝶之梦为周与？"一觉醒来，谁是主体？我还是蝴蝶？蝴蝶，远离喧嚣，欣然自得；我，困于尘世，挣扎求存。《幽梦影》妙语点出："庄周梦为蝴蝶，庄周之幸也；蝴蝶梦为庄周，蝴蝶之不幸也。"执着于庄周的都是苦命之人。别执着了吧！不把自己当主体，则达勘破生死、物我两忘的逍遥境界，无往而不快乐！

　　吟一曲逍遥游，唯江上之清风，山间之明月，旷达之君共赏！

（刘香芝）

四祖思富

闲时无聊，偶翻家谱，发现我家祖宗历辈起名很有讲究，老爷辈从"永"字起，排列有四，曰"仓、库、金、银"。爷爷辈四人乃同胞弟兄，从"生"字起，依次曰"财、源、茂、盛"。很有些致富意味。故而想起我上学时，全家为我讨论学名，爷爷一锤定音，"就叫'金厚'金钱丰厚吧。"可见祖辈发财心切。

尽管名字取得讲究，但我的祖辈竟没有一个能"发"起来的，就连土改时我家一位爷爷得罪了村干部，村干部狠狠报复了我家一下，也才定了个中农成分，可见，我的祖辈们大都取名有道，发财无方。

但据我所知，我的四位爷爷都为"发家致富"进行过不懈的努力。

大爷生财，绰号孔明，是有名的"小九九"。一次大奶奶做饭多放了一点米，大爷硬逼她捞出来放在碗里晾干，没想到鸡飞碗打，气得大爷爷怒发冲冠，顺手给了大奶奶一巴掌，打掉两颗牙齿，引起口腔炎半年好不了。最后大爷爷咬着牙花两元多钱才给大奶奶把病治好，虽然心疼得要死，但始终不承认这是一桩赔本买卖。

除了"仔细财迷"，大爷再无别的致富本领。晚年，有人劝他卖些针头线脑、菜籽染料以维持生计，"无商不奸，哪个做买卖的不坑人"，大爷愤怒地瞪着劝告者，好像人家硬要把他引向邪路。

二爷生源，是我的亲爷爷，虽然仅读过三年冬学，但颇有学者风度，开口好带点"之乎者也"什么的。他常这样解释自己的名字：

"生源者，财源不断也。"他先给我起名金柱，可大爷爷硬说这个名字他孙子早叫了，两家互不相让，大吵一通，最后爷爷愤然让步，给我更名金厚，虽自认胜过"金柱"，但一直对此耿耿于怀。

那时，虽然我们家里并不富裕，但过年时，爷爷总要多贴几张年画，窗纸要比别人家的白，对联要比别人家的红，墨迹要比别人家的黑，这样村里人便硬推我家为村里的首户，救济粮、救济款不知少吃了多少，爷爷却心甘情愿，只是他不断夸耀的发财计划，从未见实施过一条。

要说致富有方，当首推三爷生茂，据爷爷讲，三爷七八岁就从家里偷上钱贩卖鬼票香火，至十五、六岁就会在袄襟底下掐码子充当交易员。十七、八岁时就能用巧妙的办法骗过顽军哨兵向陕西的红军贩卖生铁、食盐，一次贩卖失手，被顽军打了个半死，抬回家时，大爷骂了一声"活该"便躲了开去，只有爷爷、四爷为他请医敷药。谁知三爷大难不死竟本性难移，小买卖一直做到割资本主义"尾巴"的年代，被打断了一条腿才偃旗收摊。三爷因经商两次遭难，可也曾几次得福。突出的是他结婚那次，丈母娘嫌他是再婚，不同意这门婚事，他便托媒人送去五十块大洋，丈母娘顿时笑逐颜开，"啧啧，大洋都沤得挂了霉，一定是个大户人家"，原来，他是把自己仅有的五十块大洋藏在茅坑底沤的。

四爷生盛，年轻时特懒，因手中无钱花，便去做家贼，后来到外面也搞点小偷小摸。谁知一次被失主抓住，碍着大人情面被送回家来。这是一件大辱门户的事，爷爷们一齐动手，狠揍一顿后送村公所关了三天禁闭。自此四爷便抱着镢头死受，一天也没离开过土地。

四位爷爷一生奋斗，直至先后作古，并无一人富起来，只给我们晚辈每人留下个发财的名字，这生前是他们的愿望，死后成为他们的遗嘱，要是他们生活在当今时代，其各自的状况又是如何呢？

赏析

《四祖思富》，文章以起名切入，是一个很文化也很艺术的思考，不但人文气息浓厚，而且时代特征鲜明，有着厚重的历史烙印。

从《四祖思富》可以看出，张家人起名有个朴素的愿望：财源茂盛，发家致富。然而，取名有道，发财无方。这才是作者真正要表达的东西。

四位爷爷的形象用幽默诙谐的语言刻画，使人物个性跃然于纸上：大爷仔细财迷却不愿坑人，二爷学者风度却对介意的事耿耿于怀，三爷头脑灵活却屡遭磨难，四爷小偷小摸却终身守着土地。这就是这片土地上一群可爱的人。他们平凡，普通，但都闪耀着人性的光芒，让"人"这个群体显得那样丰富，生动，美好，作者在文章结尾说，如果四位祖爷活到现在，会怎么样呢？我想这应该是作者对时代的叩问，也是本文的要旨所在。

作家普里兹文曾经说过："生活中没有哲学还可以应付过去，但是没有幽默，则只有愚蠢的人才能生存。"幽默是一个人的学识、才华、智慧、灵感在语言表达中的闪现，作者极具这种能力。读他的文章，总会让你会心一笑。这一特点在本文中尤为突出，诸如大爷逼大奶奶捞米，结果鸡飞碗打，大爷爷怒发冲冠，打了大奶奶一巴掌，打掉了两颗牙齿，引发口腔炎，半年好不了，最后花两元钱治好了，这一赔本买卖读来既好气又好笑。三爷沤得发霉的大洋"欺骗"了丈母娘，给他带来了好姻缘，不禁让人哑然失笑。

都称散文为"美文"，语言更是体现散文美的重要元素。

（刘卫华）

吃遍中国也不难

中国的地大物博不是吹出来的，哪一样都是实打实的"硬货"。转个弯便是美景一片，换个地便是美食无数。眼馋了，想看，嘴馋了，想吃，你就尽管来。告诉你，不要被教科书"地大"和路远的词儿吓住，现在的中国神奇的事眨一下眼就有一串，咱不说航母大飞机，单说高铁，2008年才开始运营，短短八年时间，营运里程达2.2万公里，占全球高铁运营里程的65%以上。被称为"神器"的动车组每小时就要跑350公里，"坐地日行八万里"，你认为还是神话？清晨起来，北京的早餐店还不开门，坐动车35分钟就到天津，正好赶上天津名吃米线粉开锅，搭一份天津麻花就是一顿不错的早餐，早餐再好，劝你留点肚子，因为午餐应该是天津狗不理包子，这才应是天津名吃中的不二选择。如果你的午餐是在北京全聚德烤鸭店吃烤鸭，五个多小时你就会被动车送到西安，这时正是西安羊肉泡馍的热卖时间。吃一碗西安风味，别提有多惬意。再看，从北京到上海只用4个小时55分，再远一点，从西安到深圳1846.7公里，也就用九个小时多一点。这高铁把各大城市这么一串，整个中国也就成了一个村落。你要去哪里吃，动车一坐，稍稍按捺点馋意就解决了。

其实，你要真正品尝到地道的中华美食，最好是去那些大街小巷，古老店铺。那里有传统美味，有古老名吃，在那里你才能吃出真正的"中国味"来。这时你不必去挤公交，那太闷，也别去打出租，那太堵，在中国的城市那整整齐齐的共享单车是一道风景，那飞梭而去的共享单车是一种潇洒，没有停车难忧患，没有"最后一公里"难题，骑在车上，当一回"城中骑士"，凉风习习，吹一声口哨，捋一捋散发，看一看风景，抖几分帅气，闻一闻扑鼻而来的名吃香味，你就是食府门前的"食神"。

那是北京大栅栏，有北京烤鸭，白水羊头，麻豆腐，奶油炸糕……

那是南京秦淮河，有猪油饺饵，鸭子肉包，鹅油酥……

那是太原开化寺，有平遥牛肉，太谷饼，柳林碗团……

……

中国到处是美食，只要你有食欲，你就来，中国人好客，大气！不怕你吃得多。

崛起的中国有神器高铁，也有共享单车，只要你有这胃口，吃遍中国也不是难事！

（特稿：《山西晚报》邀五位作家教授写高考同题作文，发表于2017年6月8日《山西晚报》）

（资料：2017年新课标全国Ⅰ卷高考作文题：据近期一项对来华留学生的调查他们较为关注的中国关键词有：一带一路、大熊猫、广场舞、中华美食、长城、共享单车、京剧、空气污染、美丽乡村、食品安全、高铁、移动支付。请从中选择两三个关键词来呈现你所认识的中国，写一篇文章帮助外国青年读懂中国。

要求：选好关键词，使之形成有机的关联；选好角度，明确文体，自拟题目；不要套作，不得抄袭；不少于800字。）

赏析

这是一篇下水高考作文,具有以下几个特点。

首先是写作符合要求。作者精心"选择了三个关键词语":中华美食,高铁,共享单车,然后围绕"美食"这条主线,调动高铁和单车"使之形成有机的关联"。这样写就不是简单的拼凑,而是形成一个有谋篇布局的整体。有许多同学也倒是选择了"两三个关键词",但是他们机械地分开来写,有的甚至用"一二三"序号来分段落。看似很有条理,但完全不符合"使之形成有机关联"的要求。

其次是命题突出中心。选择三个词语后,接着找出重点命题。最好能在题目上表现出来。弱水三千,只取一瓢。突出重点以小见大,不要面面俱到。这个题目的特点:"吃"字,点出了"美食","中国"就是"中华","遍"字也暗示了另外两个关键词,"高铁"和"共享单车"。"遍"就是题眼,妙点。

第三主体内容有层次。从北京到天津,从北京到西安,从北京到上海,从西安到深圳,全都是乘坐风一样的"高铁"。而到大街小巷去享受风味小吃,那你就慢腾腾地骑共享单车吧!

结尾的收题,也是高考作文的特色——呼应题目,继续点题。看看作者神奇的结尾吧:崛起的中国有神器高铁,也有共享单车,只要你有这胃口,吃遍中国也不是难事。这样首尾呼应,回到题目。结构严谨,主题突出。三个词语,有机联系。最后歌颂崛起的祖国,这不就是一篇很好的高考作文吗?

(李云飞)

散文的灵魂

——关于张金厚散文的六个关键词

/ 马明高

在我看过的写怀念作家王保忠的文章中，写得最好的还是张金厚的那篇《我和王保忠的生死聊》。好就好在他写出了保忠最为隐秘的内心世界，写出了保忠的胸襟和情怀。最打动我的是这段文字："还是聊天。这次聊他的长篇小说《甘家洼风景》，保忠问：你觉得老甘是痴迷还是死相？我心里'噔'了一下，觉得他问的并不是老甘。保忠说的老甘，是他这部小说的主角，甘家洼的'洼主'。人丑、残疾、木讷。老甘是痴迷还是死相，保忠比谁都清楚。老甘心里只有一个'守'字，他守着老火山的'大漠孤烟'，他守着甘家洼的黑灯瞎火，他守着和一条叫小皮的狗陪伴的'破村长'的位子，他守着被开沙厂的男人拐走的老婆，他守的还有马寡妇雪白的大腿，地头迎风起舞的稻草人，他屁股下的那具碌碡……当我们的话题说到老甘的这份坚守时，保忠好像是对我也好像是对他自己说，这份坚守更多的是煎熬。我突然感觉出一种相像，说：'老弟，你就是老甘。''什么？'保忠看我的眼光很奇怪。我说：'你就是你的那个老甘，坐在碌碡上，寻找黑灯瞎火中的一个光点，哪怕是一只萤火虫，你也会把它当作太阳来珍藏。除了吃饭，睡觉，你都在寻找。'保忠两眼直直地看着我，不说话，愣着不动。我又说：'你在寻找写在老火山上，写在夜幕背后的折皱里,写在老甘们骨头里的文字。那里有许多你要说的话,有你要告诉世人的风景。你的优点也和老甘一样,就是那么不顾一切地坚持。'他说:'那小皮呢?'我知道他一定会这样问。我说:'小皮就是弟妹,你的老婆。'保忠笑了笑,没有反驳。"

好的文章,不仅写出了它要写的人的最为隐秘的内心世界,写出人丰富而复杂的人性与密码,而且同时也写出了作家自己的人性与德性。散文尤其如此。它和小说、诗歌等还不同,写出来的更多的是真实的人生和真实的自己。无论从东方还是西方世界来说,散文都是一种最古老的文体。相对于其他文体,散文的性情有点像家中的老大,平易、宽厚、保守、耐心、坚毅。它最能体现孔子的好弟子子贡所说的"性与天道",即现代人所说的"人性与德行"。散文最大的魅力,从古至今都在于写出个体的感知、个体的经验和个体的思想。我在一篇关于张金厚的散文评论里,曾经写道:"我们时时处处能感觉到他是'跳出来的',常常能在他的散文中读出他观察生活和社会的视角,他的对家里的人,对村里的人和对社会上的人的情感和态度,还可以读出他思考问题的思维方式和说话的腔调。"我接着还说:"散文是一切文体之中最亲切、最平实、最透明的,作者的真诚与否、虚伪还是矫情、作态还是酸腐,一看便知,都是藏不住、腌不着的。"

我觉得,以上这些对于理解散文、理解张金厚的散文很重要。因此,我就想围绕这一点,再顺着他写的那些散文,找出他写散文的一些窍道,找出他写散文的一些关键词。

惊喜

好的散文都是与人的每一次遇见或相逢。好的散文,就是好的散文。应该说,它与写散文的主张无关。什么"新散文""现场散文",

什么"文化散文""新乡土散文"和"原浆散文",都无关紧要。它也与文坛上的流向无关。今年文坛流行写什么,明年文坛又时尚写什么,也都无关紧要。好的散文,其实就是写作者以一颗心与世界最坦诚的一撞,都每每给人以惊喜的相见之感。

《那一袭长长的红色道袍》是写清代名人傅山的,可散文一起笔写的却是"石头":第一段,"知道先生,是因为一块石头……"第二段,"认识先生,还是因为石头,这次的石头不是一块,而是四块……"究竟这些石头与傅山先生是什么关系呢?你就眼睁睁地听他娓娓道来。《酸枣》开头写道:"酸枣不是枣,酸枣树也不是树,村里的人一直这么认为。如果你问'酸枣不是枣,那是什么',他们会不容置疑地告诉你'是酸枣'。你就不用问了,酸枣树不是树,答案也一定是酸枣树了。"绕来绕去,绕起了你的惊讶之心,那村里人心中的那"酸枣"究竟是个什么东西呢?《槐子沟》一起笔说:"这沟原来不叫沟,叫渠,叫有子渠,后来不叫渠了,叫成沟,变成了有子沟。"这还是和题目有八杆子远呢!究竟为什么不叫渠叫了沟?从什么时候又改叫沟了?这"有子沟"和"槐子沟"究竟是什么样的关系?这藏在深处的"槐子沟"到底是一个什么样的沟?这一系列的疑问能不吸引你往下看吗?《六叔要"逃亡"》是这样开头的,"六叔说什么也不肯住这新楼房了,他让儿子在老家村西的'槐子沟'口搭了个活动房,六叔要搬回老家住。六叔这回说得很坚决,儿子不给他修活动房,他就搬到老家神驰山的破羊圈住。六叔的理由有些怪。六叔说,这福我享不了。六叔还说,我楼房住的费劲,也费命。"犹如影视剧开头一样,一下子给我们推出了这么多的快速镜头和画面,让你的胸部直感到压抑。这老头实在是在楼房里一天也待不下去了,他拼上老命也要回老家去住,他老家为什么不能回去住呢?一会儿是住"活动房",一会儿是住"破羊圈"吧,为什么呢?这老头究竟是一个什么样的老头呢？他为什么就不能在新楼房住呢？这一切都是扑朔迷离，逼得你去跟着作者去破解。

张金厚的散文，经常会给你带来一种惊喜之感。他会在开头上下很大的功夫，他总想给你在庸常的生活中带来一点悬念，或者一点惊艳的刺激，以让你在他精心设计的陌生感中，让你感到惊讶、惊喜，或迷离或茫然，然后你再听他从容道来。这可能就是他的散文采取的一种叙述策略。

写人写事

我很赞同著名散文家鲍尔吉·原野说的这些话，"我觉得作家排第一样的能力是会写人物，也会写故事，自然也会写细节，这项能力同时应该是散文家必备的本领。我们回忆一下，读一本中外散文精品合集，会看到其中很多作者是小说家和诗人，散文家反而少。您不觉得这是一件奇怪的事吗？我们读到小说家福克纳、加缪、川端康成、鲁迅、沈从文、汪曾祺的散文写得那么好，诗人赛弗尔特的散文中的人物那么生动。

而散文家，我们预设他们的任务是专事出品散文，而散文里却见不到活生生的人物，也读不到吸引人的故事，这是好散文吗？如果文学的呈现中见不到人物、故事、细节与诗意，我冒昧地问一句：这还是文学吗？如果散文里见不到生动的人物、故事和细节，只是话语堆砌以及把古籍经过百度今译之后的翻炒，那么这样的散文写作门槛很低，只比通讯高一点。"（《为世上的美准备足够的眼泪》，鲍吉尔·原野与舒晋瑜的对话，《芙蓉》微信公众号）

张金厚的散文之所以让人喜欢，就是因为他的散文中有人物有故事。他就是靠这些散文中的人物和故事来吸引人的。所以，他的散文永远忘记不了写人写事。《六叔要"逃亡"》《六叔返乡记》写了六叔好多在新楼房居住既"费劲"又"费命"的故事。通过这些故事，六叔的形象跃然于纸上，令人难忘。写出了农民离开土地后的那种痛彻心扉的失落感、孤独感和凄凉感。《我妈有了手机后》更是通过一系列老母亲和手机的趣事，把一位可爱而又热心助人、讨人嫌而又追求时尚的新时代老年人的崭新风貌书写了出来，让人觉得充满情趣而又温暖、亮丽。《一个女人和一口铁锅》可能是张金厚最长的散文了，用万把字的篇幅写出了一部长篇小说的容量。用一个又一个密集的悲惨凄凉的故事，写出了一个女人历经数十年时代风云与命运抗争的悲壮一生，塑造出了一个活脱脱的、有胆有识、有勇有谋、有情有义的中国母亲形象。特别是最后他儿子用手机拍的母亲九十五岁生日给儿孙们立遗嘱的视频：母亲说："'我一生跟了三个男人，老许，我已把儿孙都还给他了，老张也跟我过了几年好日子，唯独亏欠的是高中厚，因为我他没有回陕西老家，又因为我的错送了他的一条命，我不能让他在死后也在外乡当孤魂野鬼，所以我决定死后和他葬在一起，葬礼那天天祥（跟第一任丈夫生的，姓了第三任丈夫姓的儿子）再姓一天高（第二任丈夫的姓），必须以孝子高天祥身份主办。一切丧葬费用由天祥建光父子承担，不能给祥英（与第二任丈夫生的女儿）任何经济负担。我今天说的话谁也不能违抗，能做到的现在都给我跪下做个保证。'看到齐刷刷地跪在自己面前的儿孙们，大姨笑了。大姨笑得很好看。"新时代融合着旧传统，三代同堂中威严而慈祥的母亲是那么的情义深长，真的是令人感动涕零，肃然起敬，彻骨难忘。

细节

中国有句老话，叫"细节决定成败"。对于文学而言，同样也是如此。散文更是如此。一篇好的散文，都是用情感的泥土把一个又一个细节的砖瓦砌起来的。细节犹如散文的骨头，让过往的回忆与庸常的生活有了风骨、精神和味道。

张金厚的好多散文都是善于通过人在生活中的大量细节去写人和事。譬如散文《那一张债单》，就是用一个又一个细节堆砌起来的。六岁那年，三十三岁的父亲去了，"在为父亲办理丧事的三天中，爷爷很少吃饭，很少睡觉，只是不停地抽烟，有时烟锅里的烟丝残了，火也灭了，爷爷也不去点，还是浑然不觉地抽着，但我没有见爷爷掉过一次眼泪。记得在埋了父亲的那天晚上，少心没肺的我睡得正香，昏昏沉沉间听到爷爷在被子里发出了压抑的呜咽声。""爷爷在他的被子里瑟瑟发抖，偶尔还能听到奶奶的哀劝。"小金厚被吓得动了一下，爷爷静静地躺着，不敢哭了。第二天小金厚问爷爷，"爷爷说，那是我做了噩梦。那时的我竟傻乎乎地信了。"这就是爷爷。这就是乡村中国的古老男人。就在那年的冬天，刚满两周岁的弟弟也死了。"爷爷接过弟弟一看，弟弟已经断气，吓得我和奶奶也大哭起来。爷爷也没劝阻我们便走了出去。不一会儿便抱着一捆谷草回来，慢慢地把死去的弟弟裹了起来，轻轻地抱起一转身走了。待我和妈妈哭喊着追了出去的时候，漆黑的夜晚已经不见了爷爷的身影。"那天晚上，家人都在母亲的房间里，母亲、妹妹和奶奶不停地哭泣着，"爷爷却紧紧地把我抱在怀里，不停地抽烟。"这就是爷爷。这就是乡村中国的古老男人。第二年的冬天，母亲带着妹妹改嫁了。"母亲走的那天，全村人都去送行，唯独爷爷没有去。爷爷只是坐在炕上抽烟。我送走母亲回来后，便扑在爷爷的怀里大哭起来，爷爷用颤抖的手轻轻地拍着我的背，哄我睡觉。待爷爷把我放在他的枕头上时，只觉得枕头湿漉漉的。"这就是爷爷。这就是乡村中国的古老男人。有这三个细节填垫，再写爷爷的借债就顺理成章了。沉重的生活与艰辛的日子压得这个有骨气和有血性的男人实在是活不下去了，只好去借债。但这又是一个在众人面前要尊严和面子的男人，生活却逼得他一次又一次地向别人借债。何其难也！作家没有去写爷爷怎么也借债，而是写爷爷死后留下了一张债单，让奶奶慎重地交给他。他把这一张债单当作一分责任，开始还了。作家又通过自己还钱和还物时别人讲当时爷爷借时的两个细节，来细细地刻画爷爷。这两个细节都在强调不要告诉小小的金厚，都是那样的羞愧卑微，十分不光彩而老泪纵横，让多少年过后的当事人都讲得"脸上已经挂满了泪花"。一篇两三千字的散文，有了这么扎扎实实的五个细节支撑，不感动人才奇怪呢。这就是文学细节的力量。这也就是文学的力量。

现场感

现场，其实就是在场，作家的身体要在场，灵魂或精神更要在场，只有在场，才能写出社会与生活的本质特征，才能写出个体生命面对强大时代与历史无限存在的真情实感和真知灼见。中国有一个散文流派叫"在场主义散文"。其代表人物周闻道、周伦佑在《散文：在场主义宣言》一文中写道："'在场'就是去蔽，就是敞亮，就是本真；在场主义散文就是无遮蔽的散文，就是敞亮的散文，就是本真的散文。"

某种意义上讲，灵魂的在场比身体的在场更重要。因为一些作家身体在现场，但心或灵魂不在现场，自然写出来的东西就浮虚而不真实。尤其是在面对巨大历史的无限存在，作家的身体肯定不可能在场，但只要其灵魂或精神在场，依旧可以以有限的个体生命来敏感地、深刻地体验无限的存在，张扬强烈的个体生命意识。所以，萨特才说："人们也可以意识到不在场，但这个不在场，必然是作为在场的先决条件显现的。"因为在海德格尔、笛卡尔和歌德的哲学中，在即存在，即对象的客观性，即原现象，在场就是显现的存在、面向事物本身或直接呈现在面前的事物，也就是经验的直接性、无遮蔽性和敞开性。

　　张金厚新的散文之所以感人，就是因为充满了这种强烈而逼真的现场感。他的散文《孟门，千年不衰的气场》《安国，安国，何以安？》《石窑背后有座山》《唯有碛口》就很有代表性。如何写已经不存在的孟门县的变迁？只能以人的切身感受，以个体生命的真切性，来还原古孟门的变迁史，来写孟门人在变迁史中的那种痛彻心扉的悲伤与无奈，以及他们在变迁过程中的刚骨坚韧与自强不息的精神；如何写安国寺这个漫长的存在？写出各个朝代的有识之士在安国寺的独特体验与精神思考？张金厚的在场，就是写他身体和精神在场的事物，即使是写历史，也不是来自书本，而是来源于现实的存在，哪怕是安国寺里的一物一景，它也是一个时空的物证，也是时空连接的出发点，也是作家个体生命得以体验历史、表现历史的依据。这样，我们才能从《孟门，千年不衰的气场》和《安国，安国，何以安？》《石窑背后有座山》《唯有碛口》中，感受到强烈的时空意识与生命感悟。在这四篇文化散文中，打通历史、连接历史的不再是文字记载，不再是书本知识，而是从作家的生命出发的一次又一次更幽深、更个体、更独特的精神历险与灵魂体验。

有我

　　古人曰："以我观物，物皆着我之色彩。以物观物，故不知何者为我，何者为物。"所以，散文的"有我"十分重要。那么如何才能做到"有我"呢？清人李渔在《一家言》自序中说："凡余为文杂著，未经绳墨，不中体裁，上不取法于古，中不求肖于今，下不觊传于后，不过自为一家，云所欲云而止，如候虫宵犬，有触即鸣，非有模仿希冀于其中也。模仿则必求工，希冀之念一生，势必千妍百态，以求免于拙，窃虑工多拙少之，尽丧其为我矣。虫之惊秋，犬之遇警，斯何时也，而能择声以发乎？如能择声以发，则可不吠不鸣矣。"他告诉我们：一是"自为一家"，是为"我"，二是"工多拙少"，是为"失我"。第一条讲写作的方针，第二条说写作的技法。张金厚的散文，最突出的特点就是文中"有我"。他的散文有很高的辨识度，看上两行，就能知道是不是他的散文。这很了不起。但不是说他的散文就好得不行了，而是说张氏风格十分显眼。一看就是他的调调，他的架势，他看万物的眼神，有很强的张氏手工技艺特征。这说明，不管是何种人事、何种物什、何种景观，只要是经他手下写出来，就都是"有我"之物，都是"我"的所观、所听、所思、所感，都是"我"的视角所感知的，都是"我"投射到人事、物什和景观上的"自成一家"的独特见识、情感和思想。这也就是尽管有好多人写过云冈石窟、碛口、孟门、安国寺和傅山，但你一看张金厚笔下的这些景观和人物，依然会眼前一亮，有惊喜之感的内在缘由。

诚实

张金厚有篇散文叫《泥土的灵魂》。这在他的所有散文中，的确是一篇上乘之作，优秀之作。它散散漫漫地，一层一层地写出了黄土的特征，写出了天下农人的本质人性，"绵绵的"；"敦厚，从不咋咋呼呼，只要你不离开它，它就会一直静静地守着你，就和老娘一样"；"不懂张扬，不摆架子，你踩在脚下不恼不怒，顶在头上也不忘形"。它充分彰显了散文最古老而传统的美德：形散而神不散。散文从来就姓"散"，自由自在，洋洋洒洒，上天入地，进山出海，不循规蹈矩，不自我束缚，自由似小鸟，宽广如大海，形散神聚可以，形聚神散也行，形散神散又有何不可，形聚神聚可以，但肯定是高难度的挑战与冒险。张金厚是一个老实厚道的人，他不去冒那么大的风险，去玩那些挑战。他就是在坚守着散文最古老而传统的美德中，玩"我"的花样，最后聚神，写出泥土的灵魂：生生不息。犹如文中结尾，他给他的祖父写的碑文一样，朴素、实在、诚恳。泥土，尽管从古至今都是自由散漫，散得一塌糊涂，不成样子，但是，它有灵魂。同样，散文从古至今也是自由散漫，和土一样，散得一塌糊涂，你怎么写都行，和水一样，散得不成样子，你把它倒进瓶子里，它就是瓶子，你把它引入大海，它就是大海，你用小说手法写可以，用诗歌方法弄还行，戏剧、影视进来亦可，但是散文还是散文，它始终有自己的灵魂，那就是诚实。犹如张金厚一样，不管他怎么玩开头"惊喜"，中间"写人写事"、写"细节"，坚守"有我"的原则，最后抖出散文的灵魂："诚实"。

诚实，就是真诚，实在，诚恳。诚实，就是不要装，不要充大头，不要玩套路，而是要说人话，说实话，说真话，说中肯的话，说走心的话，说正常人的话，说健康人的话。但是，说一千，道一万，最后只有一条，那就是必须说自己心里诚诚恳恳想说的话。这才是"诚实"最真实的灵魂。当然，这也是散文最真实而深沉的灵魂。

马明高，山西省孝义市人，中国作家协会会员，中国电影家协会会员，中国文艺评论家协会会员，中国电影文学学会剧作理论专委会副秘书长，山西省作家协会全委委员，山西省电影家协会理事，吕梁市作家协会副主席，孝义市作家协会主席。作品散见于《人民文学》《中国作家》《中华文学选刊》《当代作家评论》《百家评论》《光明日报》《文艺报》《名作欣赏》《文学报》《山西文学》《黄河》等报刊，编创的五部电视剧在央视和各省卫视播放，出版著作二十多部，获全国优秀电视剧奖、山西省"五个一"工程奖、赵树理文学奖、山西文艺评论奖、人民文学观音山杯游记散文奖、中华读书报散文奖和浙江作协非虚构散文奖等十余项奖项。